梅乃木彬夫 著

鬼滅の刃はドグラ・マグラ 2

ドグラ・マグラの誕生…の巻

不知火書房

梅乃木彬夫 著

鬼滅の刃はドグラ・マグラ 2

ドグラ・マグラの誕生…の巻

扉のイラストは筆者の知り合いの小学生に書いてもらった。

〔目次〕

第1章　夢Qのバックボーン――7

第2章　禰豆子《ねずこ》の竹―― 121

2 ドグラ・マグラの誕生…の巻

本書の登場人物

I：『ドグラ・マグラ』を読了後に精神に異常をきたし、自分をドグラ・マグラの主人公「呉一郎《くれいちろう》」だと信じきっている平成生まれの患者。九州大学病院の精神科病棟第七号室に入院中の稀代の美少年で、ドグラ・マグラに関する数々の推理を語りだす本作の主人公。

W：『ドグラ・マグラ』を読了後に精神に異常をきたし、自分をドグラ・マグラの作中人物「若林鏡太郎《わかばやしきょうたろう》」だと思い込んでいる患者。主人公Iとは同部屋で、諸事万端ドグラ・マグラに結び付けた言動をする傾向の多い、マンガ好きの中年の入院患者。

第1章

夢Qのバックボーン

明治27年に家督を継ぎ、第九代杉山家当主となった五歳の夢野久作と祖父母たち

夢野久作・化物語　―幼年編―

W：それでは、これからドグラ・マグラの基本捜査に取りかかります。その前に、まずは著者の夢野久作についてザックリと身辺調査をおこなっておきたいのですが、貴方様《あなた》は久作の家庭環境などの調査は済まされたのでしょうかな？

I：夢野久作個人についてはその思考法のバックボーンを探るために、生い立ちや生家のルーツなどについてはある程度の調べはついています。まあ、あくまで僕が調べた範囲でですが、まずは久作の実父である杉山茂丸《しげまる》の人物像などから順を追ってお話ししてみましょうか？

W：それは忝《かたじけな》い。ぜひ、お聞かせ下さいませ。二人はいったい、どのような来歴を経てきた親子だったのかということを。

I：杉山家の家伝が記された杉山龍丸《たつまる》の(1)「西の幻想作家―夢野久作のこと―(2)」によれば……、久作の父・杉山茂丸は幼少期は明石元二郎《あかしもとじろう》と近所同士だったそうですから、その生家は現在の福岡市中心部の天神界隈《てんじんかいわい》ということになりましょうかねえ……。

W：天神……、天神町《てんじんのちょう》……。ということは、県庁舎が建っておった辺《あた》りなのですな？

I：若林教授、それは昭和の頃までのオハナシです。県庁舎はとっくの昔に、ここからすぐそこの東公園に移転していますよ。

天神の旧県庁舎跡は、今ではアクロス福岡という名の大きな会議場と、それに隣接した広い公園になっています。この会議場の建物は地下鉄の走る大通り……マア、昔の路面電車、のちの西鉄《にしてつ》市内電車の貫通線《かんせんせん》（明治通り）のことなんですがネ。それをはさんで鎮座する水鏡《すいきょう》天満宮の真向いに位置していることから、建物の巨大なステップガーデンに植栽された樹木が成長するにつれて、さながら人造〝鎮守《ちんじゅ》の杜《もり》〟とでもいった風情《ふぜい》で会議場を訪れる県民の憩いの場となっています。

杉山家の口伝《くでん》では、茂丸と明石元二郎は元治《げんじ》元（1864）年9月の同年同月生まれで、幼少期は竹馬《ちくば》の友としてすごしていたとのことです。もっとも、僕の調査(3)では杉山茂丸が生まれたのは前年の文久三年の9月17日（旧暦）で、新暦では1863年10月29日の生まれとなり、明石元二郎よりは一歳上だったのだろうと思っていますが……。

W：そのような些細《ささい》な年月のズレなんぞは一向に構いませぬ。昔は役所に届ける子供の出生日などは親の都合でだいたい大雑把だったのですから。それよりも、夢野久作の父と明石元二郎が竹馬の友だったのですと⁉

日露戦争においては、英国諜報員《ちょうほういん》シドニー・ライリーから旅順要塞《りょじゅんようさい》の地図を入手するなどして帝政ロシアを翻弄《ほんろう》する伝説的な諜報戦を仕掛けていた、あの明石元二郎とは旧知の間柄だったのですか、杉山茂丸は!!　当時はまだ大佐だった明石元二郎は、ポーランドやフィンランドの民族独立派に武器と資金を提供して反戦および反政府運動が先鋭化するように仕向けて、第一次ロシア革命(1905年)の下工作もしておったとか……。

　明石元二郎は他にも、血の日曜日事件、戦艦ポチョムキンの叛乱事件などにも関わっていて、ロマノフ王朝を内側から攪乱《かくらん》する〝明石工作〟でロシア帝国を戦争継続困難な状況へと陥《おとしい》れておったと……。その卓越した諜報手腕から、ドイツ皇帝ヴィルヘルムⅡ世をして、「明石元二郎一人で、満洲の日本軍20万に匹敵する戦果を上げている」といわしめたほどの、少年ジャンプ連載中の遠藤達哉先生原作『SPY《スパイ》×FAMILY《ファミリー》』の敏腕スパイ・黄昏《たそがれ》も真っ青な、〝スパイ・マスター〟だったはず!!

I:ハイ。横山光輝《みつてる》先生の『魔法使いサリー』に登場してくる「サリーちゃんのパパ」の髭《ひげ》よりも巨大な、まるで冗談のようなカイゼル髭を生やしていた参謀次長・長岡外史《がいし》も、「明石の活躍は陸軍10個師団に相当する」と評していたくらいで……。のちの欧州大戦の折には、一説ではスイスに潜伏中のある革命家と接触して〝封印列車〟によるドイツ縦断計画をサポートし、この生まれついてのレーニン主義者をバルト海からスカンジナビア経由でロシア国内に潜入させて、第二次ロシア革命(1917年)の狼煙《のろし》を上げさせていたという噂まであったとか、なかったとか……。

W:20世紀初頭の世界史の局面の要所要所には一枚噛《か》んできておりますなあ、明石元二郎は!!　やはりコレは、大佐が革命家たちの心を触ったということなのでしょうかな?

I：そのような明石元二郎とは幼少期からの朋友だったとされる杉山茂丸もまた、明石に引けをとらない傑物でした。二十歳の血気盛んな頃に上京して〝首攫《くびさら》い組〟を自称したこの若者は[4]、伊藤博文を「悪政の根源、藩閥の巨魁《きょかい》」と目してその暗殺を企て、山岡鉄舟《てっしゅう》の紹介状を持参して面会にまで漕ぎつけますが、その場で伊藤から「祖国に尽くす国士たれ」と説伏《せっぷく》されて殺害を断念。そして何故か後々《のちのち》、伊藤公の懐刀《ふところがたな》に収まってしまったという人物です。

W：ちょうど勝海舟《かつかいしゅう》の暗殺に出向いて、逆に弟子入りした坂本龍馬のような経歴の持ち主ですな。

I：茂丸は生涯無位無官を貫き、一介の流浪人《るろうにん》として在野に身を置きながら、したたかな言動と巧みな政界遊泳術を駆使して山縣有朋《やまがたありとも》、児玉源太郎、桂太郎、寺内正毅《まさたけ》、松方正義《まさよし》、井上馨《かおる》、後藤新平らの懐に入って参謀役を務め、経済、外交、内政などに陰から献策を行っていたようです。

　たとえば、伊藤博文が立憲政友会を結党するにあたっては、その資金提供を斡旋《あっせん》したり、日英同盟[5]締結の黒幕として時の宰相・桂太郎に条約締結の方策を指南したり、はたまた、ロシアの南下政策に対抗して、予想戦地への兵や物資の迅速な輸送を念頭に、博多港の築港や世界初の海底トンネルとなる関門海底鉄道の計画を立案[6]したりしています。

　さらに、対馬《つしま》海峡での海戦を想定して、負傷兵を速やかに治療できる野戦病院の必要性に鑑《かんが》みて博多湾沿岸部に帝国大学医科大学を誘致すべく陰働きしています。その結果、日露戦争開戦（１９０４年２月）の約半年前のタイミングでギリギリ開設（１９０３年）が間に合った京都帝国大学福岡医科大学[7]に、若かりし頃の若林教授や正木《まさき》博士が第一期生として入学されたという訳です。

茂丸は日露戦争時には山縣有朋に随行して満洲へと渡り、奉天で日本軍の指揮を執る児玉源太郎大将の幕舎に同宿して戦争継続と停戦講和のタイミングを陰から献策しています。そして講和の際には同郷で元・黒田藩士の金子堅太郎を渡米させ、金子がかつて在籍したハーバード大学ロー・スクールのOBだったセオドア・ルーズベルト大統領を担ぎ出させて、満洲鉄道の利権を餌に仲介役を引き受けさせていたとも噂されております。あと、派手な逸話としては、米国の金融王J・P・モルガンとサシで交渉して莫大な融資を約定《やくじょう》させた話なども……。

このような日露戦争必勝の絵図を裏で描いた化け物っぷりから、杉山茂丸は当時から〝政界の人形遣《にんぎょうつか》い〟と綽名《あだな》されて一種のフィクサーとしてその名を轟《とどろ》かせ、福岡から鎌倉に本籍を移してからは自《みずか》らを「其日庵《そのひあん》」と号して、やたらと名刀を蒐集《しゅうしゅう》しては独り悦に入る刀剣道楽ぶりなどとも相俟《あいま》って、僕にいわせれば、そう！　〝鎌倉の老人〟といった雰囲気の人物だったのですよ。

W：鎌倉の老人ッ！　少女漫画雑誌「花とゆめ」に連載されていた和田慎二先生の『スケバン刑事《デカ》Ⅱ　少女鉄仮面伝説』の中でも、確かそのような謎の老人が暗躍しておったような気がしましたナッ！　……それに士郎正宗先生や押井守監督が手掛けられた『攻殻機動隊《こうかく》』にも、同じく「人形使い」という名の伝説的な謎のハッカーが登場しておったような……。

I：ええ、確かにそうでしたね……。

さて、その茂丸の長男の夢野久作の方はというと、僕が調べえた範囲内でですが、こちらはとても一言ではいい表わせないような複雑な幼少年時代を送っているようです。以下、作家になる前の久作の経歴を、ここで掻《か》い摘《つま》んで述べてみますね。
W：どうぞ、どうぞ……。
I：夢野久作および長男の杉山龍丸さんの著作などによれば、夢野久作こと幼名・杉山直樹《なおき》は、明治22（1889）年1月4日生まれ。父・茂丸に似て、白磁のように白い肌と巻き毛の黒髪、そして抜群の記憶力を持つ脳髄《のうずい》を受け継いで誕生します。家伝では、祖先は佐賀藩の藩祖・鍋島直茂が下剋上で伸《の》し上がる前まで直茂自身が家老として仕えていた戦国大名・龍造寺隆信の系譜に連《つら》なる血統だとか。杉山茂丸の嫡男《ちゃくなん》として福岡城下の小姓町《こしょうまち》界隈で生まれ、母・ホトリとは一歳になるかならないかの頃に生別。[8] 以後は祖父・杉山三郎平灌園《さぶろべえかんえん》、継祖母・友子、継母・幾茂《いくも》、異母叔母・薫《かおる》の下で養育されます。

黒田藩の儒学者であった祖父からは、物心つく頃より漢学を叩き込まれます。二歳で漢籍に親しみ、三歳で論語を諳《そら》んじる神童ぶりを示す一方で、元黒田藩能楽師範・梅津只圓《しえん》翁の許《もと》に入門、武士の素養である能楽の手解《てほど》きを受ける武家息子でした。年齢が一回り上の叔母・薫に手を引かれて住吉から薬院中庄《やくいんなかしょう》の梅津邸まで能の稽古《けいこ》着《ぎ》姿で通う様子は、地元では「杉山の殿々《トントン》と娘々《シャンシャン》」と呼ばれて評判だったようです。

ところが直樹が四歳になった頃、父・茂丸が政治活動に没頭し、〝国事道楽〟と称して久しく家に帰らない状態となり、杉山家は貧窮の極みに……。ほどなくして住吉村下宮崎の那珂《なか》川河畔の居宅から、博多・鰯町《いわしまち》の旧株式取引所裏の北風吹き込むアバラ屋へと家移りする羽目に。そこで継母は軍隊の襯衣《シャツ》縫いや足袋《たび》の底刺しの繕《つくろ》い仕事を、叔母の薫と継祖母の二人は押絵《おしえ》(9)づくりにいそしむ……といった爪に火を点《とも》すような極貧生活に転落します。

そのボロ家での暮らしも立ち行かなくなると杉山一家は離散状態となり、明治27（1894）年に直樹は祖父母と叔母の四人で、当時の御笠《みかさ》郡二日市村(10)に引っ越して、その二年後に薫が安田家に嫁《とつ》ぐと、祖父母と一緒に、宗像《むなかた》郡神興《じんごう》村八並《やつなみ》、糟屋《かすや》郡箱崎《はこざき》町等県内を転々とします。そんな貧困生活の中で他の家族とは離ればなれで子供を育てていた継母・幾茂が愛息・峻《たかし》を亡くし、残された長女・瑞枝《みずえ》の手を引いて箱崎の家へ越してきて同居すると、直樹は俄かに半分血が繋がった妹から「お兄様！」と呼ばれる境遇となります。

直樹が八歳を迎える頃になると茂丸の羽振りがよくなり、一家は茂丸を頼って福岡の箱崎町から上京、東京府は麻布笄《こうがいちょう》町にあった立派なお屋敷に移り住むことになります。この黒田氏の邸宅での借家住まいの中で異母弟・五郎が誕生しています。

そんな東京での生活が一年も続く頃に、中風《ちゅうぶう》(11)を患っていた祖父がしきりに福岡に帰りたがるようになり、直樹もまた継祖母・友子に連れられて三人で帰郷します。九歳で故郷に舞い戻った直樹は、住吉村大字春吉、(12)博多・北船町、西職人町、雁林町《がんりんのちょう》……と、またも家移りを繰り返して福岡市内を転々とします。大名尋常《だいみょう》小学校に四年生で転入した直樹は、翌明治32（1899）年に警固《けご》の福岡男子高等小学校に入学。この入学式の帰り道に、直樹は晴れ着姿で荒戸《あらと》の大島家を訪ねて生母・ホトリとの再会を果たします。ちょうどこの頃、ホトリは再婚先の髙橋家で夫・群稲《ともね》に先立たれて実家の福岡市に戻っていたのです。

男子高等小学校を卒業する前年、中風を患っていた祖父の容体が悪化し、重篤な状態のまま三ヶ月後に他界します。その後、継母・幾茂が瑞枝と五郎を連れて九州に下って福岡市荒戸《あらと》町（通称・通町）に移り住んでくれて、灌園に先立たれた継祖母・友子と直樹もそこに同居して暮らし始めます。

明治36（1903）年、かつて灌園が藩校時代に教鞭を執っていた中学修猷館《しゅうゆうかん》に十四歳で入学すると、直樹は時々、筑豊《ちくほう》地方の豊国炭坑の社宅に移住したホトリを訪ねて、異父妹・チヨの遊び相手になっていたようです。

このかん、荒戸の杉山家では新たに異母妹二人が誕生（二女・たみ子、三女・ゑみ子）、「お兄様！　お兄さま!!　おにいさま!!!」とチョットばかり姦《かしま》しい家庭環境となります。そういう中で学業では文学、宗教、音楽、美術の研究に凝《こ》り、また運動面ではテニスに夢中になって運動部でキャプテンを務めたりしています。

この中学在学中にまたもや茂丸に放置されて杉山一家は貧困生活に逆戻りして、戸主[13]の直樹が単身、父のもとに赴き抗議、家族が共に暮らせるように直談判します。その甲斐あって中学卒業後には一家で再度上京し、東京市京橋区築地《つきじ》にあった茂丸の会社兼政治サロンだった台華社《たいかしゃ》[14]の二階居住スペースや、神奈川県鎌倉郡鎌倉町長谷《はせ》の茂丸の邸宅で生活できる運びとなります。

この家族上京の交換条件として直樹は近衛《このえ》歩兵第一聯隊《れんたい》に一年志願兵として入隊する約束を父と

交わしており、あわせて大学への進学ものちに許されて文科で歴史学を専攻する慶応ボーイとなります。慶応在学中、陸軍少尉拝命の辞令が下る前月に愛弟の五郎が早世すると、かねがね杉山家の嫡男で当主でもある直樹が文学方面を志向し文弱の徒に堕《だ》すことを嫌っていた茂丸から直樹に学業廃止の厳命がくだります。こうして、学業成績は常に首席か次席だったにもかかわらず、二十四歳で慶応を中退した直樹は、父が新たに福岡市外の立花山《たちばなやま》の麓《ふもと》に購入させた原野で果樹農園を開拓すべく帰郷。荒れ地の山肌で鉢巻儀《はちまきぎ》作《さく》(15)のように鍬《くわ》を揮《ふる》うこと丸一年。突然、家族の柵《しがらみ》を断ち切るかのように誰にも行方を告げぬまま流浪の旅に出た……といった感じの前半生を送っております。

この時、杉山直樹こと、のちの夢野久作二十五歳。郷里を去る時の胸の裡《うち》はタブン、

二十五の　今日まで聞かず　不如帰《ホトトギス》(16)

と門扉《もんぴ》に一句を付して家を出た、美登利屋坪太郎《みどりやつぼたろう》の心境(17)ではなかったのでしょうかねえ。

注解

（1）杉山龍丸（1919〜1987年）は夢野久作の嫡男。最終階級は少佐の元陸軍航空技術将校。

満洲から東南アジアへの転戦の前に、零戦の設計者・堀越二郎から戦闘機の整備技術を直伝されていた龍丸は、フィリピン戦線では配属部隊の戦闘機・隼がすべて破壊されるも、残骸から使用可能な機体部品を掻き集めて、ジャングルの中で数機の隼を修復。森から敵陣へと出撃した隼は所属不明の幽霊戦闘機（ファントム・ジャパニーズ・ファイターズ・チーム）として米兵に恐れられた。

　敗戦後、龍丸は農園経営のかたわら、千葉県・稲毛に設けられた引揚援護庁援護局の嘱託事務職員として出征兵士の留守家族にその安否を知らせる職務に就いた。のちにその時の苦悩を短い随筆に綴って雑誌に掲載した。その随筆「二つの悲しみ」は中学三年生向けの教科書に採用され、戦後70年の２０１５年には山田洋次監督によって映画『母と暮らせば』でも一シーンとして取り上げられるが、龍丸が夢野久作の息子であることを知る国語教師は皆無に等しい。

　杉山茂丸が、「アジアの各国が独立した時に、農業指導者が必要になる。その農業指導者を育てるために、農園を造れ」と久作に命じて誕生した杉山農園は、久作の歿後《ぼつご》、龍丸が引き継いだ。龍丸は士官学校の同期生から押しつけられたインド人留学生の世話を奇縁に、インドの農業技術の支援に取り組んだ。１９６５年から三年間に５００万人余りが餓死したといわれるインドの大飢

インドで記念植樹をする杉山龍丸、光子夫妻。右が杉山龍丸著『グリーンファーザーの青春譜』

餓に際しては、台湾政府首脳に直談判、日本統治時代の台湾で日本人技術者・磯永吉《いそえいきち》博士が開発した門外不出のジャポニカ種の「蓬莱米《ほうらいまい》」の種籾《たねもみ》20トンが国連（ＦＡＯ）経由で体制の違う国に届けられることになった。

　龍丸は父から相続した杉山農園の土地を切り売りして資金を捻出、一個人でインド北西部の広大な不毛の大地を緑の沃野に変えるために奮闘した。インドでは〝Green Father（緑の父）〟と呼ばれる杉山龍丸のことを、母国日本や故郷福岡で知る人は少ない。１９８５年７月、脳溢血《のういっけつ》で倒れる。87年９月、逝去。不屈の魂をもって生を貫いた人である。

　著書に『印度をあるいて』『飢餓を生きる人々』『砂漠緑化に挑む』『グリーンファーザーの青春譜　フ

毎日新聞（夕刊）

砂漠緑化に〝志士の血〟燃え

インドで植樹成功

国連も注目

政治家も協力約す

父も作家 夢野久作

杉山龍丸氏　３年生のモリンガの幹を手に、自然のサイクルを利用して砂漠を緑にと語る（福岡市・中央区の事務所で）

モリンガ樹

夕刊ワイド

インドでの植樹の成功を報告する杉山龍丸（昭和53年３月16日付、毎日新聞夕刊）

アントムと呼ばれた士《サムライ》たち』（原題「幻の戦闘機隊」）などがある。作家、夢野久作の生涯の証言者としては、『わが父・夢野久作』『夢野久作の日記』など。

（２）同書は昭和53年に「九州文学（第5期）」に12回にわたって連載されたが単行本にはなっていなかった。２０２３年12月に発行された夢野久作と杉山三代研究会の会報『民ヲ親ニス第10号』に初めて全文収録された。

（３）ここで主人公Ｉが主張している杉山茂丸の生誕日に関する調査結果は、『夢野久作の日記』（杉山龍丸編、１９７６年、葦書房刊）の４２３頁に収載の「杉山家戸籍謄本①」の「父・茂丸、出生・文久参年九月拾七日」を根拠としている。明治政府は明治６（１８７３）年から太陽暦（新暦）を採用しているが、それ以前は太陰太陽暦（旧暦）を使用していたことから、ここでの杉山茂丸の出生日は旧暦によるものであった。

（４）山本巌は『夢野久作～快人Ｑ作ランド～』（１９９４年、夢野久作展実行委員会刊）の中で、若き日の杉山茂丸について次のように述べている。

　久作の父親、杉山茂丸は明治十八年、二十一歳の時、総理大臣伊藤博文暗殺の志を抱いて上京した。茂丸が昭和四年に出版した自伝的著書「俗戦国策」によれば、その時彼は「長閥政権の詐欺師共を斃して郷里幾多の先輩と、天下幾多の志士の怨恨を慰むるの外はないと覚悟した」からである。「長閥」とは薩摩の大久保利通亡き後の伊藤ら長州出身者の政権を指す。茂丸は上京に際して父三郎平にその志を打ち明けた。すると三郎平は「天下の為めに死を決したる事は武士の子たる者として尤《もっと》もの事と思う」、自分もまた「九州各藩知友」とともに死ねなかったことを常々恥じていたので「汝の死を聞くと同時に夫婦共に自刃」する、と述べたという。

　幕末の黒田藩には早くから勤王運動がありながら、藩の主流が動かず倒幕運動に参加できなかった。久作の祖父三郎平も勤王派であり、謹慎処分を受けて帰農している。三郎平がいう「九州各藩知友」とは勤王運動の同志を指す。福岡の士族の間には、やみくもに西欧化に突っ走る薩摩、長州閥の明治政府への反感が強く、明治十年には西郷隆盛に呼応して「福岡の変」を起こしたが、わずか七日間で鎮圧され、首謀者は斬罪に処せられた。玄洋社を結成した頭山らの世代は、福岡の変に参加したもっとも若いグループである。頭山より九歳若い茂丸は福岡の変にも参加していないが、父親や先輩たちの怨念を継承した。現代では想像することが難しいが、その怨念は時の総理大臣の暗殺を計画するほどの激しさであった。のちに夢野久作は長男龍丸氏に「明治の元勲や大将や華族はみんな人を踏み付けにして偉くなったのだ。本当に御一新のために働いた純粋な人々は皆死んでいったのだ」と語ったという。その言葉は、薩長政府とは、倒幕運動や西南戦役で死んでいった無数の勤王の志士への裏切りの上に成立したのだという、祖父、父、さらに頭山ら福岡士族の認識を継承したものである。〈以上、山本巌「福岡から見た〝もうひとつの近代〟―「近世快人伝」を中心にして」から〉

（5）日露戦争開戦の2年前（1902年1月）に、ロシアのアジア進出を牽制する目的で日本と英国との間に締結された軍事同盟。

杉山茂丸著『俗戦国策』によれば、茂丸は暢気《のんき》倶楽部《クラブ》で親交を深めた桂太郎と児玉源太郎に「天皇の信任の厚い伊藤が直接でかけて行ってロシアという臍《へそ》を押せば、必ず日英同盟という屁《へ》が出る」と語り奇策を授けている。

日清戦争（1894年7月～95年4月）終結後、伊藤博文はロシアとの軍事的衝突を避けるため日露協商の締結を模索していた。この話を耳にした茂丸は、表立っては賛同の意を示して伊藤の背中を押すが、裏では桂に「元老筆頭の伊藤が動けば、彼の訪露中に必ずや、東アジアの利権確保を目的に英国側から、日本に有利な条件で軍事同盟の打診が舞い込んでくる」と語り、機を逃さず、伊藤がロシアと条約内容を協議中に先を越して日英同盟を締結するよう桂首相に献策している。その後、露都サンクトペテルブルクでロシア外相から日英同盟締結の報を知らされて伊藤は失意のうちに帰朝。皮肉にも明治天皇からは日英同盟締結を祝す功労金が伊藤に下賜されたという。元老でさえ手玉にとって捨て駒として使うこの逸話からも、人形遣い・杉山茂丸の〝世界政策〟のスケールの大きさが窺われる。司馬遼太郎が明治日本の勃興を描いた『坂の上の雲』の足下では、下陰《したかげ》の地ベタに臥《ふ》した茂丸という名の土竜が縦横に機略を巡らせていたということか。

（6）ここでいう「立案」とは、対馬海峡や朝鮮半島および満洲が戦場となった時に戦地に最も近い内地の港である福岡が兵站《へいたん》の要衝となることを想定した茂丸による国土改造計画のこと。

以下は茂丸の歿後のことになるが、1953年に停戦した朝鮮戦争を機に日本国内で整備が進められた高速輸送網が当時、福岡をゴールとしていたのもこうした事情からだった。物資や人を大量輸送する高速自動車道と新幹線の整備が博多を目指して急ピッチで進められた。西南戦争後に薩摩への押さえとして発展した熊本市から、九州の中心都市が福岡市へとシフトした最大の要因は朝鮮戦争によるところが大きい。

なお、令和の現在において、日本列島の虎口《ここう》ともいえる福岡県は自衛隊駐屯基地の数では九州最多であり、第4師団司令部が置かれる陸上自衛隊・福岡駐屯地の東側面にはJR九州最大の南福岡鉄道車両基地を配し、半島有事に備えて平時から兵站輸送ルートを確保している様子が窺える。また、航空自衛隊・春日基地南面の春日公園、博多湾の壁となる海の中道海浜公園、湾内を一望する志賀島《しかのしま》の潮見公園、西公園、および福岡県庁と福岡県警察本部側面の東公園、福岡市役所東隣りの天神中央公園、アメリカ領事館とNHK福岡放送局が隣接する大濠公園と舞鶴公園、テレビ西日本（TNC）とRKB毎日放送の南北には百道《ももち》中央公園とシーサイドももち海浜公園、西鉄福岡天神駅の西隣りの警固公園、博多駅の周縁を囲む中比恵・音羽・人参・明治・出来町公園、福岡空港の東丘陵には東平尾公園、奈多ヘリポート（別名・福岡空港奈多地区）の隣りには滑走路にも似た直線道路と雁の巣レクリエーションセンター国営公園といった具合に、都市防衛の要衝となる地点には必ず一定規模の公園が配置され、有事における配兵スペースが確保されている。

遡れば、四百年前に軍師・黒田官兵衛が市街戦を想定して海岸・河岸防衛の要衝として出城に見立てた神社仏閣を密集配置した町割りなどが、修羅の国の都市設計の特徴の一つとなっている。

（7）のちの九州帝国大学医学部の呼称。1886（明治19）年に公布された帝国大学令では単科大学の設立は認められておらず、苦肉の策として京都帝国大学の一学科として1903（明治36）年に福岡に飛び地の医学科を開設するという方便がとられた。1911（明治44）年、福岡の箱崎に工科大学が設置され、既存の京都帝国大学福岡医科大学と併せて、複数学科を有する九州帝国大学が誕生。その後、帝国大学令は1919（大正8）年に改正され、〝学科〟という名称は〝学部〟へと改称され、「九州帝国大学福岡医科大学」は「九州帝国大学医学部」と改められた。

（8）直樹がホトリと生別した時期や、継母・幾茂が杉山茂丸と結婚した時期については、本シリーズの三巻目（モーサマの眼とヨコセイの四月馬鹿《エイプリルフール》…の巻）で考証の予定。

（9）花鳥・人物などの形を厚紙で製し、これを美しい布でくるみ、中に綿をつめて高低をつけ、板などに貼りつけたもの。↑羽子板〈広辞苑より〉

（10）その頃、明治27年の春に父・茂丸が役場に隠居届を出して分家すると、五歳の直樹が杉山家の戸主となり、九代目当主として家督を相続している。

（11）（チュウフウ・チュウブとも）半身不随、腕または脚の麻痺する病気。脳または脊髄の出血・軟化・炎症などの器質的変化によって起こるが、一般には脳出血後に残る麻痺状態をいう。古くは風気に傷つけられたものの意で、風邪の一症。中気。風症。〈広辞苑より〉

（12）ここでいう住吉村大字春吉は、現在の福岡市中央区春吉にあたる。2022年3月12日に夢野久作の嫡孫・杉山満丸氏が「夢野久作と杉山三代研究会」第九回研究大会の基調講演で、久作の過去の戸籍謄本をもとに公開された内容から。また別の出典としては、同研究会会報『民ヲ親ニス　第１号』13頁に収載されている「杉山家除籍謄本」に「明治参拾壱年八月拾八日筑紫郡住吉村大字春吉九百参番地へ転籍届出住吉村戸籍吏◎◎◎受附同月拾九日届出及入籍通知書発送同月弐拾五日受付除籍」とある。除籍謄本にある明治31年は、直樹満九歳の年にあたる。

（13）直樹が杉山家の家督を相続した時期については注解10でふれた。

（14）台華社は、杉山茂丸が孫文と協議し、台湾をアジアの農業センターとし、中国の革命を遂行するために、台湾の台北市につくった事業社。後に、杉山茂丸の主催する日本の政財界のクラブとなった。（『夢野久作の日記』４４０頁より）

　杉山茂丸は台北市とは別に東京築地にも台華社を置いており、本文中の台華社は「内閣製造所」とも評された築地台華社を指す。この築地の台華社は関東大震災（１９２３年）で焼失したが、その後、麹町区三年町二番地にあった中村清七郎の借家に茂丸が移り住み、台華社もそこに移った。

（15）鉢巻儀作は『ドグラ・マグラ』に登場する狂人。来る日も来る日も解放治療場内の砂地で鍬を振るい、汗だくで何も実らぬ砂の畑を終日耕し続ける狂人。

（16）山地に棲んで初夏に「キョキョキョキョ」と鋭く鳴く中型の鳥、ホトトギスは、杜鵑・時鳥・子規・郭公・不如帰・杜魂・蜀魂・杜宇・田植鳥・田鵑などと書かれる。不如帰は「不如帰去《ふじょききょ》」から「去」を略したもので、「帰るに如《し》かず」と読み、意味は「帰るほうがよい」となる。

　中国の故事に、古蜀の望帝・杜宇が帝位を譲って国を去ったのちに、その霊魂がホトトギスに姿を変えて「不如帰去（＝帰り去《ゆ》くに如かず）」と啼いたとあることから。こちらの場合の「去」は帰る方向を示すもので、その場から去ることを表す。意味としては「帰ってゆくほうがよい」くらいか。

〈〝不如帰〟の注解協力、駒澤大学中国語非常勤講師・柳留理先生〉

　二十五歳の夢野久作の場合は、単に「故郷に帰りたい」という意味ではなく〝この世に生を享けた一人の人間として、自らの天命の道に「不如帰去」、帰り去かねばならない〟と決意して旅に出たのだろう。

（17）なお、虚構化された私小説として『ドグラ・マグラ』を読んでみると、〝不如帰〟の一句は放浪生活に入るにあたっての作者自身の心境を仮託したものとも考えられる。美登利屋《ミドリや》坪太郎は、立花山の緑《ミドリ》したたる農園（父によって押し込められた緑の牢獄）から抜け出した若き日の夢Q自身の姿の投影であったのではないかと。……だとすると、新聞記者時代に久作が使い分けた数多くのペンネームの一つに〝三鳥山人《ミドリさんじん》〟や〝香倶土三鳥《かぐつちミドリ》〟があるのも偶然ではあるまいと。また、久作の別の筆名〝土原耕作《つちはらこうさく》〟の投影が鉢巻儀作《はちまきぎさく》だったのではないかとも。

『ドグラ・マグラの』の作中で登場する「青黛山《せいたいざん》如月寺縁起《にょげつじえんぎ》」には、若き日の坪太郎（＝空坪《くうへい》）の出奔《しゅっぽん》理由として……、

　長じて空坪と号し、ひたすら山水を慕《した》ひて復《また》、家を嗣《つ》ぐの志無し。然《しか》れども年長ずるに随《したが》ひ他に男子無きの故《ゆゑ》を以《もつ》て妻帯を強ひらるゝ事一次ならず、学業未到の故を以て固辞すと雖《いへども》、間《かん》葛藤を避くるに遑《いとま》あらず。遂《つひ》に、父坪右衛門の請《こひ》により隠元《いんげん》老師の諭示を受くるに到るや、心機一転する処あり、

大正８年頃の杉山農園西側農場。このとき、久作は福岡に帰ってきていた

「二十五の今日まで聞かず不如帰《ほととぎす》」

　といふ一句を吾家の門扉に付して家を出《い》で法体《ほったい》となりて一笠一杖《いちりふいちぢやう》に身を托し、名勝旧跡を探りつゝ西を志す事一年に近く、長崎路より肥前唐津に入《い》り来る。時に延宝二年春四月の末《すゑ》つかた、空坪年二十六歳なり。（松柏館書店版、444頁）

とあり、「空坪年二十六歳なり。」という箇所と、久作が東京で出家した年齢〝二十六歳〟が一致している点などからも、久作の若き日の苦悩が行間に滲《にじ》み出ているように思える。弟・五郎を亡くし、茂丸の血筋を継ぐ唯一の男子となった久作には、杉山家の戸主として嫁取り話が頻繁に舞い込んだのだろう。原野の開墾の労苦とも相俟《あいま》って、これが杉山農園から久作が遁走《とんそう》した一因となったように筆者には思える。放浪生活に入って4年目、経緯は定かではないが、久作は東京で――六美女のように美しい――鎌田クラと結婚する。帝都での新婚生活を半年ほど満喫した久作夫妻は福岡へと戻るが、帰郷後にクラの実家の鎌田家では、義父と義弟の間柄が悪くなり絶縁状態となる。おそらく、この一件に尾ひれがついて、鎌田家の親子の不仲話が、なぜか杉山家の茂丸と久作親子の軋轢《あつれき》の噂へと置きかわって、夢Qの出奔《しゅっぽん》理由として世間に広まったのではないだろうか。

《杉山家系譜図》

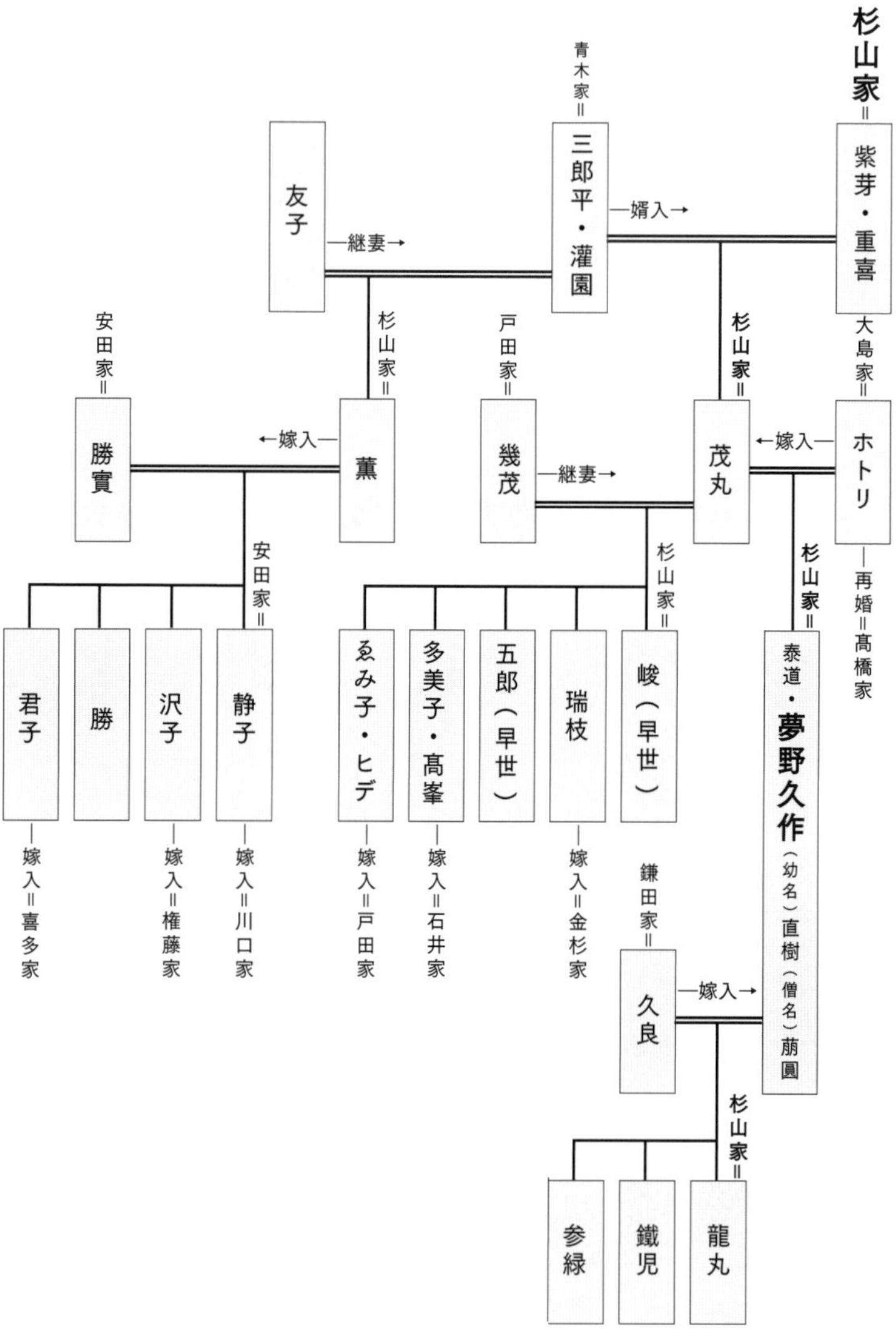

杉山家＝紫芽・重喜
青木家＝三郎平・灌園
—婿入→
友子
—継妻→
杉山家＝薫
大島家＝ホトリ
←嫁入—
杉山家＝茂丸
—再婚＝髙橋家
戸田家＝幾茂
—継妻→
安田家＝勝實
←嫁入—
安田家＝静子
—嫁入＝川口家
沢子
—嫁入＝権藤家
勝
君子
—嫁入＝喜多家
杉山家＝峻（早世）
瑞枝
—嫁入＝金杉家
五郎（早世）
多美子・髙峯
—嫁入＝石井家
ゑみ子・ヒデ
—嫁入＝戸田家
杉山家＝泰道・夢野久作（幼名）直樹（僧名）萠圓
鎌田家＝久良
—嫁入→
杉山家＝龍丸
鐵児
参緑

台華社における杉山茂丸

左から、夢野久作、杉山五郎、
瑞枝。明治33年、久作11歳

手前左から、たみ子、ゑみ子、
久作。明治41年

昭和３年の家族写真。左から、クラ、龍丸、
久作、鉄児、お手伝いさんに抱かれた参緑

夢野久作・化物語　―怪異編―

W：ウーム……家移《やうつ》りの目まぐるしさといい、複雑な家庭環境といい、夢野久作は普通人にはあまり聞かないような前半生を送っておったのですなあ……。

ところで只今の貴方様のご説明を伺っておるうちに、西尾維新《にしおいしん》先生の『化物語《ばけものがたり》』のサブヒロインの羽川翼《はねかわつばさ》が何故《なにゆえ》に化《ば》け猫の怪異に取り憑《つ》かれたのか、何となく合点が行きましたぞ！　杉山一家が福岡から移り住んだ東京府の笄町《こうがいちょう》、そして正木先生の後を追って東京に出た呉千世子《ちよこ》・一郎母子《おやこ》が最後に落ち着いた笄町といえば、〝江戸笄町の大猫〟の化け猫怪異譚《かいいたん》で夙《つと》に知られた土地柄で御座いましたからなあ。それに、杉山家の祖先と伝わる佐賀の龍造寺といえば、息子を斬り殺した鍋島家に恨みを残して自害した老母の血を嘗《な》めた飼い猫が、旧家臣から下剋上で伸《の》し上がった鍋島家を呪うべく変幻して暴れ廻った〝佐賀の化け猫騒動〟でも知られておりましたし……。

それから、『化物語』のもうひとりのサブヒロインである神原駿河《かんばるするが》の役柄設定についてで御座いますが、こちらは夢野久作の小説『一足《ひとあし》お先に』の筋書きにインスパイアされて、西尾先生が主人公の肉体の欠損部位を片足から片腕に差し替えて、『ドグラ・マグラ』における「夢中遊行《むちゅうゆぎょう》」の設定を参考にしながら、「猿の腕」を持つヒロインが睡眠時に自らの願望を無意識のうちに叶えてしまうといったプロット（筋）を創造されたのではないでしょうか？　片足を失った『一足お先に』の主人公・新東と人としての片腕を失った神原駿河は、どちらも運動能力に秀でた類《たぐ》い稀なるスポーツ選手というところが共通しておりましたからな！

……ということは「スポーツ万能」というイメージの連想から更にもう一歩進んで、同じ夢Qの『少女地獄』三部作の「火星の女」のスポーツ万能少女こと甘川歌枝《あまかわうたえ》が学園一の美少女に想いを寄せていたという設定までも、神原駿河のキャラクターの骨格としてその性向が加味されておったのですな！

「火星の女」からその元ネタとおぼしき甘川歌枝（ミス黒焦《くろこげ》）の遺書の一部を抜粋してみれば……、

そうして学校一の美人で、学校一の優等生と呼ばれてお出《い》でになる殿宮《とのみや》アイ子様にお眼にかかりまして、大切な秘密のお話がありますからと申しまして、二人きりで応接間に閉じこもりました。殿宮アイ子さんは在学中、私の大切な大切な愛人《アミ》だったのです。

……といったようなあんばいなので御座います。

そのように考え合わせてみると、西尾維新『化物語』のメインヒロインである戦場《せんじょう》ヶ原《はら》ひたぎが〝怪異の専門家〟たる忍野《おしの》メメから好きな作家を問われて「夢野久作」と即答しておった場面や、彼女の部屋の本棚にドグラ・マグラ上・下、少女地獄、死後の恋、瓶詰《びんづめ》の地獄、夢野久作全集、犬神《いぬがみ》博士、氷の涯《はて》と、夢Qの作品がズラリと並んでおった描写なんぞは、西尾先生と脚本会議をおこなっておられた新房昭之《しんぼうあきゆき》監督から読者へ向けた告白、それも堂々たるリスペクトの宣言だったのかも知れませんなあ～。

　これはもう、「まよいマイマイ」の章で、戦場ヶ原《ガハラ》さんが口にしていた「ソロコン」も、元はといえば呉青秀《ごせいしゅう》と双生児《ふたご》姉妹との恋愛関係から着想を得た「お義兄《にい》さま」ネタだったという訳ですな！

I：ソロコン？　聞き慣れない言葉ですが……。

W：「ソロレート婚」の略で御座いますよ。姉妹逆縁婚《しまいぎゃくえんこん》とも申しまして、奥さんと死別したあとに、その姉だったり妹だったりと再婚することを指しておるのデス。

I：教授の博識ぶりには僕はタダタダ感心するばかりですが、どうして呉青秀と黛《たい》・芬《ふん》の双生児姉妹が、その……ソロレート婚とやらにあたるのですか？

W：呉青秀の場合は、姉ではなく妹ですナ。つまり、はじめに黛と結婚して、自分と血のつながら

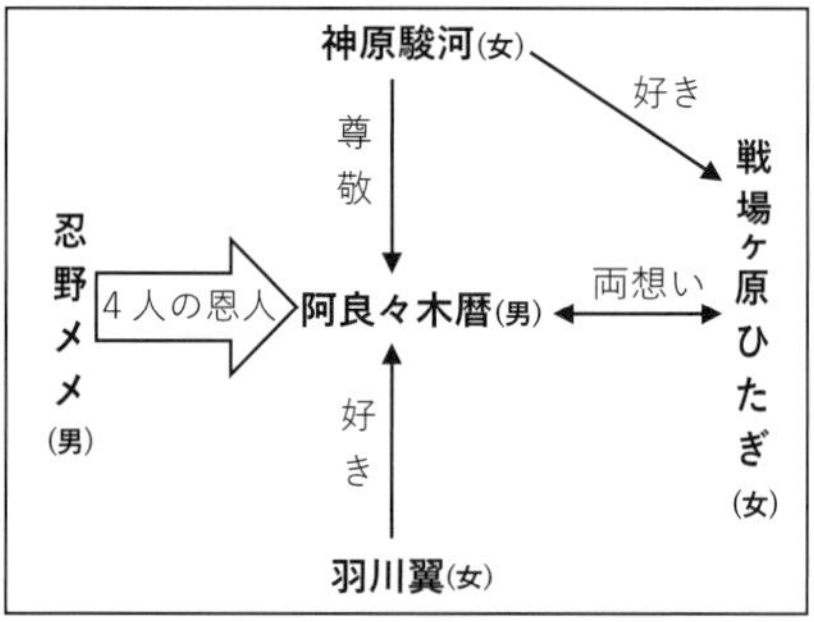

高校の同級生:(阿良々木、戦場ヶ原、羽川)
高校の後輩:(神原)　**恩人の年長者:**(忍野)

ない妹の芬には「お義兄《にい》さま」と呼ばせておく。そのあとに芬と結婚して、夫婦になっても自分のことを「お義兄さま」と呼ばせ続けておる。これこそ、現実的な結婚相手に「おにいさま」と呼ばせ続けられる唯一の方法……。
I：そんな〜、呉青秀は最初の奥さんの黛の方を殺してるじゃないですか！　そんな非合法なことしなくたって、僕とモヨ子みたいにイトコ同士で義理の兄妹《きょうだい》ならば、合法的に「おにいさま」と呼ばせ続けることができるのですよッ！
W：アア、貴方様の場合はソロコンではなく、シスコンでしたナ。失敬、失敬！
I：………。
W：ウーム……ナルホド、ナルホド。……ということは、ソウソウ……「自白心理と隠蔽《いんぺい》心理」の提唱者であった我が畏友《いゆう》・正木先生が、学生時代に九大の卒業式をエスケープして失踪し、そのまま世界放浪の旅に出ておられたという筋書きを模して、『化物語』の化猫ヒロイン・羽川翼もまた、直江津高校を卒業後に世界放浪の旅に出ておったという訳なのですなッ！
　この、羽川翼については神原駿河と同じく、怪異が発現《はつげん》している最中は本人の主人格の自我は深い眠りに沈んだまま「夢中遊行」状態となって、まるで姪浜《めいのはま》事件の朝に養母の呉八代子《くれやよこ》をニコニコと笑いながら下駄《げた》で滅多打ちにしておった呉一郎《くれいちろう》のように、自分とは血の繋がりのない両親を襲撃するという設定になっておりましたからなあ……。
I：………。

W：これはモウ、アニメ版・化物語シリーズで主人公・阿良々木暦《あららぎこよみ》の自宅のお風呂場が、個人宅としては不釣り合いなほど巨大なステンドグラス付きの浴室だったのも、モトをたどれば夢野久作の小説『鉄鎚《かなづち》』の作中にあった……、

その月の中頃の、或る天気のいい日曜の朝早くであった。伊奈子は大急ぎの口調で私に電話をかけたが、それは叔父が三日ばかりの予定で、その朝早く大阪に発《た》ったので、これからすぐにF市から二十里ばかりの処にあるU岳の温泉に行こうというのであった。その温泉は何に利《き》くのか知らないが、いろんな贅沢な設備をしたホテルや、待合《まちあい》兼業みたようなステキな宿屋がいくつもあると伊奈子はいったが、そこで第一等という何とかホテルの大玄関に自動車で乗りつけて、特等室附属の浴場に案内された時には、私も生れて初めてなので一寸《ちょっと》眼を丸くした。

高い天井のステインドグラスから落ちて来る光線が、青ずんだ湯の底の底まで透きとおして、見事に彫刻した白大理石の浴槽から音も立てずに溢《あふ》れ出していた。その中に私が先に走り込んで掻《か》きまわすと、その光りが五色の鳥だの金銀の魚だのが入り乱れたように散らばって、その上から一面にモウモウと湧き立つ湯気《ゆげ》のために、四方を鏡で張り詰めた室《へや》の中が薄暗くなってしまった。

……という浴室の描写が元ネタであったに相違ありますまい!! 蛇足では御座いますが、この「F

市」はモチロン福岡市で、「U岳の温泉」は、長崎県は島原半島雲仙岳《うんぜんだけ》の雲仙温泉を宛てておったのでしょうな。

I：チョット、チョット、若林教授。教授のその決め付け以外の何物でもない独善的千里眼《せんりがん》には、妖怪のサトリも真っ青なのですが……。実際、あの煮ても焼いても喰えない正木敬之《けいし》博士でさえ、若林教授のそういう強引な捜査手法には軽い恐怖を覚えておられた様子でして……。

ドンナ難事件でも一旦彼奴《きゃつ》の手にかかるとなると、キットどこからか犯人をヒネリ出して来る。そのために彼奴が「迷宮破り《めいきゅうやぶ》」なぞと新聞に謳《うた》われている事実の裏面には、こうした消息が潜《ひそ》んでいるんだよ

……とか……、

元来彼奴はコンナ策略にかけては独特のスゴ腕を持っているんだ。ドンナに身に覚えのない嫌疑者でも、彼奴の手に引っかかって責め立てられて来ると、頭がゴチャゴチャになって、考え切れないような心理状態に陥ってしまうんだ。とうとうしまいには何が何だかわからなくなったり、到底逃れられぬと観念したり、そうかと思うと慌てた奴は、成程御尤《ごもっと》も千万《せんばん》と感心してしまったりして、知りもしない罪を引き受けたりする位だからね。近頃亜米利加《アメリカ》で八釜《やかま》しい第

三等の訊問法なんかは屁《へ》の河童だ。彼奴の使う手は第一等から第百等まで、ありとあらゆる裏表を使い別けて来るんだから堪《たま》らない。

……などと不平をこぼしながら、僕の目の前でチビチビと愚痴っておられましたからね！

まあ、そんな謎の千里眼のことは横に置いといて、教授はマンガばかりでなく、ライトノベルやアニメにまでその触手《しょくしゅ》を伸ばしておられたのですか？

W：エエ、そうですとも！　実は、『化物語』は「オオ！　グレート!!」な画風が持ち味の大暮維人《おおぐれいと》先生のマンガが初見でしたが、話の続きが気になりまして西尾維新先生の原作小説の方も読破し、もののついでに新房昭之監督のアニメ作品も倍速再生で拝見致しておりましたので……。

I：ハア、そうだったのですか……。ホントに守備範囲が広いのですねえ、若林教授は……。

それでしたら、そろそろ『化物語』の話題から、或る意味では本物の「化け物」かもしれない夢野久作の後半生の方に話を戻したいのですが、宜《よろ》しいでしょうか？

W：ええ。どうぞ、どうぞ！　香椎《かしい》村の開拓地から行方《ゆきがた》知れずとなったオバケのＱ作サンは、それからどのような人生行路をたどっておったのか、どうぞ私奴《わたくしめ》にお聞かせくださいませ。

夢野久作・化物語　―壮年編―

I：それでは、これから夢野久作の後半生を掻《か》い摘《つ》まんでお話ししてみますね。

香椎村の杉山農園を大正3（1914）年に飛び出した久作は、一時《いっとき》は帝都のあたりを徘徊《はいかい》していたようです。貧民街に住んで日雇い労働者の群れに身を投じたり、隅田川近くの工場街の一角にも……。また、麹町《こうじまち》に居たという痕跡⑱も残っています。

当時のことを、父から直接話を聞いた嫡男の杉山龍丸さんが『わが父・夢野久作』（三一書房、1976年10月刊）に書いておられますので、ここで読み上げてみますね。

彼の一つの話を記憶しています。

或るとき、人間らしい社会を求めて、江戸川⑲の或る町工場に住み込み、労働者の群に入りました。

そして、毎日の昼、隅田川の土手で、昼食の弁当を食べました。

そしたら、隅田川の向こう岸の土手に、毎日昼に来て、土手の斜面に座って、煙草《たばこ》を喫《す》う人がいました。

数日たって、どちらともなく、遠くで顔は見えませんでしたが、彼がこちら側の土手に弁当をもって坐ると、先方がこちらに向って、手をあげて挨拶をするので、こちらも手をあげて、お返しをするようになりました。

ある春の日、タンポポや、蓮華草の咲く土手に坐ると、相手の人も来て挨拶をして坐り、やおら、煙草を出して喫いだしまして、彼の手許から紫煙が、春の空気に乗って流れるのが見えました。

夢野久作は、新聞紙に包んだ弁当を開いて、握り飯をつまみ、口に持ってゆこうとして、先方を見ますと、彼に挨拶して煙草を喫っている人の背後から、緑黒色の、作業服を着た人が近づいてゆくのが見えました。

そおっと彼の背後に行ったと思うと、かくしていた背から、ハンマーが出て来て、両手で高くかざして、いきなり煙草を喫っている人の頭を打ちつけました。

ハンマーに打たれた人の頭は、メリ込んだハンマーで半ばへこんだようになったまま、ぐらりと横に、その人は倒れました。

ハンマーの人は、もう一度、ハンマーを頭上に振りかざし、ハンマーは、太陽にキラキラと反映しましたが、倒れた人が動かないのを見て、すぐ、ハンマーを下し、そして、足で、倒れた人を蹴りましたが、多分、一撃で絶命していたのでしょう。

倒れた人は、隅田川の斜面を、ころころと転がり落ちて、パシャンと、隅田川の流れに落ちて、桜の花片《はなびら》の浮いている川面を下の方に流れてゆきました。

ハンマーの人は、流れてゆく死体の様子を見ていましたが、一撃で殺したことを確信したのでしょう。ハンマーを肩にして、向うの土手の下の方に、あっと思う間に姿を消してしまいました。

夢野久作は、お握りを口にもって行ったまま、「あー、あー、あー、」と、心に叫ぶだけで、声にならず、呆然と見ていただけでした。

それから、彼は熱に浮されたように、毎日の新聞を、すみからすみまで読んで見ましたが、隅田川に、不審な死体が上ったという記事は、一行も見出すことが出来なくて終りました。

ついに、此の事件は、何の原因で、何処の誰が、誰に如何なる理由で、このように殺されたか判らないままに終わりました。

それで、彼は、自分が求めていた人間らしい社会は、何処にもないということと、また、名もなく、地位もなく、理由もなく、殺され、殺している世間、世界というものがあることと、人間の社会の恐ろしさを知ったと申していました。

W：何処《いずこ》の〝修羅《しゅら》の国〟のハナシなので御座いますかな、コレは？　さては、この事件が久作の小説『鉄鎚《かなづち》』や、『犬神博士《いぬがみはかせ》』に登場してくる敵役《かたきやく》の「鉄槌《ハンマ》の源太」の素材となっておったのですな。
　まさか、作者自身が実際に目撃した殺人事件が元ネタであったとは、正直、驚きましたな。

I：この殴打殺人事件に遭遇したのちに、久作は大正4年6月、本郷の喜福寺で剃髪《ていはつ》・出家して、幼名直樹を泰道《たいどう》と改め、法号を「ホウエン」としています。以後はまさに行雲流水の如しで、京都より大和路を歩き、吉野山から大台ヶ原山中に分け入って熊野へと歩を進めるなど、遊行上人《ゆぎょうしょうにん》のような托鉢《たくはつ》修行に明け暮れます。

W：フーム……。佐賀の化猫譚《ばけねこたん》にはじまって、黒田武士の後裔《こうえい》、東亜の国士を父にもつ神童、文学少年、慶応ボーイ、近衛《このえ》聯隊《れんたい》あがりの陸軍少尉、果樹園の開拓農民、下町の工場労働者、殺人《コロシ》事件の目撃者、等々の裏の顔をもつ托鉢僧……。そのような経歴を初見で見破れたならば、シャーロック・ホルムズ並みの名探偵ということになりましょうな。

I：夢Qのキャリアはそれだけではありませんよ、若林教授。久作は大正6年、二十八歳で泰道の名のまま還俗《げんぞく》しています。翌年、二十九歳で久作の母校でもある大名《だいみょう》小学校で教壇に立っていた鎌田クラ[20]さんと結婚して東京で家庭を持つと、半年後に故郷・福岡に帰還します。そして後年、クラさんの実家の岳父《がくふ》の跡を襲《おそ》って三等郵便局・黒門《くろもん》郵便局の局長職にも就いております。

W：アア、それで……。『ドグラ・マグラ』もそうですが、『瓶詰の地獄』や『少女地獄』など書簡体形式の作品が巧みなのは、彼がリアルに手紙の取り扱いのプロでもあったことからなのですな。
どうやらお話を伺っておりますと、夢Qは空想ではなく、自身の様々な人生体験をもとに、想像力をふくらませて筆を走らせるタイプの作家のようですなあ。

I：そうですね。実際、創元推理文庫から出た『日本探偵小説全集4　夢野久作集』には、巻末の付録2「夢野久作の作品について」の中で……、

久作の作品は全て、実際に彼が体験したものがタネになって作られている。

一般の読者や、あるいは出版社の人々で、このことを見抜いた人はほとんどなかったのではあるまいかと、私は思っている。

今度、東京創元社で夢野久作の作品として採用されたものが「瓶詰の地獄」「氷の涯」「ドグラ・マグラ」と決まったと聞いたとき、何か、彼の本質を初めて見抜かれた様な気がした。

……と久作のご長男の杉山龍丸さんが書いておられましたから。若林教授よりも東京創元社の担当者の方《かた》が、そのあたりのことについては、とっくの昔に察知しておられたようですよ。

話が少し横道に逸《そ》れましたが、そういった訳で夢野久作は還俗《げんぞく》して福岡に戻ったのちに、能楽の達人である梅津只圓《うめづしえん》翁に改めて師事し、喜多流謡曲《ようきょく》の教授資格を取得します。そして父・茂丸が発行する雑誌「黒白《こくびゃく》」に謡曲論や社会時評を掲載し始めるようになります。

W：この頃から、僅かずつではあれ、鍬《くわ》ではなくペンを握ることができるようになったのですな。遅咲きの蕾《つぼみ》がようやくほころび始めたといった処で……。

左から、明治43年、近衛第一連隊見習士官時代の久作。
大正４年、東京本郷喜福寺にて出家。大正13年、杉山農園で

昭和６年、喜多流能楽舞台に立つ久作

能楽の師、梅津只圓翁

大正10年、九州日報記者時代の久作と、久作の
文章の師、加藤介春

I：はい。三十歳になると、現在の西日本新聞の前身のひとつでもある玄洋社系の九州日報という新聞に記者として入社します。杉山龍丸さんの『わが父・夢野久作』によると、久作は現在の大濠《おおほり》公園北側にある能楽堂の辺りの旧称・杉土手《すぎどて》や、唐人町《とうじんまち》三丁目の大圓寺付近の旧・桝木屋《ますごや》で一時期暮らして、その後に杉山農園に戻っていたようです。以後、新聞社の主筆兼副社長で詩人でもあった加藤介春《かいしゅん》のもとで社会部記者として事件記事やルポルタージュを、家庭欄担当記者としては「きのこ会議」や「虻《あぶ》のおれい」などの可愛らしい創作童話やエッセイ等を執筆するかたわら、三十三歳で長編童話『白髪小僧《しらがこぞう》』（1922年）を上梓《じょうし》すると、その当時興隆し始めた探偵小説雑誌にも作品を発表しはじめます。

　そして大正15年、久作にとっては生涯最後の創作童話「ルルとミミ」が4月に新聞連載で完結した翌月に、雑誌「新青年」の懸賞に応募した「あやかしの鼓《つづみ》」が二等に入選したという知らせが届きます[21]。久作はこれを機に作家としてデビューし、プロ作家の仲間入りを果たしたのです。この時、齢《よわい》三十七。

W：二十五で立花山《たちばなやま》の麓《ふもと》を飛び立った不如帰《ホトトギス》が、干支《えと》が一廻りした十二年後に天職を得て故郷の山に再び舞い降りた……との感がありますなあ。

　まさに、帰るに如《し》かず、帰り去《ゆ》くに如かず。「フジョキ、フジョキキョ！」

I：同じホトトギスの啼《な》き声なら、「フジョキ、フジョキキョ！」よりも、「特許許可局、トッキョキョカキョク！」か「天辺駆《てっぺんか》けたか、テッペンカケタカ！」の方が、僕にはシックリくるんですけどねえ。

まあ、今もって昔の記憶がおぼつかない僕の場合は、「鳴かぬなら、鳴くまで忘れろ、ホトトギス」って感じですけど……。若林教授の場合はキット、「鳴くまで刃物《メス》で、ホトトギス」でしょうかね？

W：アンマリなご冗談ですが、私奴《わたくしめ》にはやはり、「不如帰《フジョキ》、不如帰去《フジョキキョ》！」の方が支那《シナ》の故事にも通じておってシックリきますな。もっとも、「あやかしの鼓」の懸賞結果を香椎村の山の中で首を長～くして待っていた時の夢Qには、ホトトギスの囀《さえず》りも「テッペン（一位）書けたか、テッペン欠けたか？」に聞こえておったのやも知れませぬが……。

I：でも、「あやかし」の受賞を機にプロデビューを果たせたのですから、ホントに僕らも嬉しい限りですね。この時、初めてペンネーム〝夢野久作〟を名乗り、それから亡くなるまでの十年余、主に自宅書斎の夢久庵《むきゅうあん》で規則正しい生活を送りながら、後に単行本、傑作選、著作集、そして片手に余る出版社から刊行された全集に収録されることになる名著の数々を執筆し続けたのです。

久作は大正15（1926）年5月8日に「あやかしの鼓」二等当選の手紙を開封した妻のクラさんから吉報を耳にするのですが、その三日後の5月11日には早速、プロ作家として初めての筆を執《と》っております。

その作品は狂人を主人公とした一風変わった探偵小説だったのですが、一心不乱に筆を走らせて一ヶ月後の6月12日には清書に入り、8月21日に脱稿。その日のうちに「狂人の解放治療」と題した原稿を博文館の森下雨村宛に送っています。しかし、この原稿は千百余枚もの分量があって、お蔵入りに。それでも諦めなかった久作は昭和５年１月にタイトルを変えると、作家生活のほぼ全期間に亘って「千枚もの原稿」と称して加筆、改稿を続けて、昭和10（１９３５）年１月15日に『ドグラ・マグラ』と銘打って松柏館《しょうはくかん》書店から刊行します。曰《いわ》く、「私は之《これ》を書く為に生きてきたのだ」の告白とともに……。

刷り立てのインクのにおう初版本を手にした久作は、それまで一度も自分の作品を読ませたことがなかった息子に『ドグラ・マグラ』を手渡して、次のように胸のうちを明かしたそうです。(22)「龍丸、とうとう俺は、世界一の長篇探偵小説を書くことができた。おそらく、世界の傑作となるだろう」と。

W：おお、ついに我らの『ドグラ・マグラ』がその産声を……。

I：そして『ドグラ・マグラ』発刊の翌年、昭和11（１９３６）年２月19日、久作は福岡を発《た》ち上京。前年７月に他界した父・茂丸の生前の後始末のために、継母・幾茂《いくも》が暮らしていた東京渋谷区南平台《なんぺいだい》の杉山邸に逗留《とうりゅう》します。翌３月11日、在京の茂丸の支援者の来訪があり、葬儀や諸々のことの金銭面の整理がついたとの報告を受けます。

ご長男の杉山龍丸さんが編纂《へんさん》された『夢野久作の日記』の後半部「夢野久作の終焉《しゅうえん》」にはその時のことが次のように記されています。

父〈＝夢野久作〉は、林社長に丁寧に挨拶をしますと、林社長は、祖父茂丸の死去以来、葬儀委員その他、全ての始末の会計主任をして居られたので、父の前に、葬儀関係の帳簿を出されたそうです。父はにこやかに、

「やっと、終わりましたな、御苦労さまでした。

いやあーこれで、あっはっはっはー、」

と、両手をあげて、大笑いした形になり、そのまま、すとんと、背後に倒れました。

林社長は、両手をあげて、笑いながら、万歳をするような形であったので、バランスを崩して倒れたのかと瞬間思われたそうですが、そのまま起きて来ませんので、傍《そば》に寄って、

「杉山さん！　どうかされたのですかっ？」

と叫んでも、何の返事もなく、倒れたままなので、仰天して、隣室に、

「お、奥様っ！　杉山さんがっ！」

と叫ぶと同時に、祖母と瑞枝《みずえ》叔母が、隣の襖《ふすま》を開いて飛び込んできました。父の様子を見るや、祖母が、

「瑞枝さん、早よ、庭の雪をもって来なさいっ！」

と叫び、瑞枝叔母は、足袋裸足《たびはだし》のまま庭に馳《は》せ下り、手一杯、二・二六事件の日に降った雪を持って来て、父の額にあてましたが、父は蘇生せず、見る見る体温が下り、そのまま昇天しました。

W：………………。我らの生みの親にも等しい夢野久作は、旅先の帝都で頓死《とんし》しておったのですか。……状況から察するに、心臓麻痺《まひ》か脳卒中で御座いますな、コレは。否《いや》、……ご家族の方が時をおかず、額に雪をあてている処をみると頭の方ですかな？　しかも、久作の妹さんが迷わず頭部を冷やす応急処置に入ったということは、前兆の初期症状が元からあった筈《はず》。否々、それだけでは瑞枝さんの動きが機敏すぎますなあ。サテは、前年に他界したという父親の茂丸も脳卒中を患っておったので御座いましょうか？　たしか、久作の祖父・灌園《かんえん》も中風《ちゅうぶう》が重篤化して三ヶ月後に亡くなったと貴方様は仰《おっしゃ》っておられたようですが……。あるいは、杉山家は脳卒中が起きやすい家系だったのでは？

I：流石《さすが》は古今無双の名法医学者、若林教授ですね。茂丸も久作も、死因は脳溢血《のういっけつ》だったそうです。(23)

W：左様《さよう》でしたか……。「脳髄は物を考える処《ところ》に非《あら》ず」と主張していたドグラ・マグラの作者自身が〝脳髄の反乱〟に遭《あ》って、笑いながら脳溢血で逝ってしまったのですか……。

I：脳髄の反乱……。そういう捉え方もあるのかも知れませんねえ……。

こうして夢野久作は『ドグラ・マグラ』の謎解きの答えを一切他者に漏らさぬまま、享年四十八で彼岸へと旅立ったのです。

注解

（18）杉山龍丸編『夢野久作の日記』の末尾の年譜によると、久作は大正6年「僧名泰道のまま還俗す。継母の願いにより杉山家を継承し、杉山農園に戻る。」とされている。後年発見された、前年の異母妹・綾子に宛てた大正5年12月12日付の手紙によると、その際の差出人住所および郵便局の消し印は「東京府麹町」となっている。大正4年から6年までは謎とされている久作の放浪時代だが、その後半の一時期には東京府の麹町に住んでいた形跡がある。

なお、この手紙は成蹊大学文学部の浜田雄介教授が２０１３年に発表された『夢野久作書簡　翻刻』や、葦書房刊『夢野久作著作集6　随筆・歌・書簡』（２００１年7月）に収載されている。

（19）江戸川は神田川下流域の呼称。神田川は、東京都を流れる荒川水系の支流の一級河川。井の頭池に源を発して東へ流れ、両国橋脇で隅田川に合流する。江戸の頃、神田川の上流を神田上水、下流（神田川の、文京区関口から千代田区飯田橋辺りにかけての流域）を江戸川と呼んだ。

（20）夢野久作の妻、杉山クラは明治28（１８９５）年10月30日生まれ。鎌田昌一とミチの三女。夢野久作の大正15年1月25日の日記には「余は社に、久良は子供を迎へに通町へ。」とあり、久良とも表記されていたことがわかる。クラの実家の鎌田家は久作の実母・ホトリの実家の大島家とは数軒隣りで、当時の住所表記で福岡市荒戸町三十四番地。杉山龍丸著「西の幻想作家—夢野久作のこと—」によれば、久作の妹・瑞枝もクラと同年生まれで、二人は小学生時代からの友人だった。同じく杉山龍丸の『わが父・夢野久作』によれば、早生まれの瑞枝とクラは一級違いの親友で、ともに荒戸町（現・西公園下）の福岡師範学校附属小学校（現在の福岡教育大学附属福岡小学校）へ通い、帰りには

大正７年、結婚記念写真

杉山家に寄って一緒に勉強することもあったという。

クラは福岡女子師範学校を卒業後、久作の母校・大名小学校で教壇に立っている。親友の〝お兄様〟である久作との結婚を機に退職後は三人の息子（龍丸、鐵児《てつじ》、参緑《さんろく》）に恵まれて、主婦業とともに農園仕事や養蚕の内職に加えて、久作の原稿の清書を手伝った。大正15年、杉山農園に届いた「あやかしの鼓」懸賞当選の手紙を開封すると、クラは喜び駆けながら久作に見せにいったといわれている。

昭和６年、杉山農園で

昭和11年、久作に先立たれた後は、夫が残した農園を辛抱強く維持し続けた。昭和62年5月16日、膵臓癌にて他界。

> 「今でも面影は残っているが、評判の美人だった。そして女優クララ・キンボール・ヤングに似ていることから、愛称〝クララさん〟と呼ばれていた。何もかも遠い昔のことなので、……」

これは、久作の義弟・石井俊二（たみ子の夫）とは六高、九大医学部の学生時代からのクラスメートだった中村京亮氏の言葉（葦書房刊『夢野久作著作集２』月報１「杉山さんの思い出」１９７９年2月、より）。

(21) 夢野久作は「新青年」の創作探偵小説に応募した「あやかしの鼓」が二等に当選したことを、発行元・博文館の森下雨村からの来信によって知る。「あやかしの鼓」は、山本禾太郎の「窓」と二等同位で、この時は一等受賞作はなかった。

(22) 出典は、39頁２～３行目の「夢野久作の作品について」と同じ。

(23) 夢野久作の終焉については、久作の妹・石井たみ子さんの、次のような回想もある。以下は、葦書房刊『夢野久作著作集２』月報１「兄と私」１９７９年2月、より抜粋。

〈前略〉女学校一二年の時だった。

このあとの頃、父の従妹のおすがさんが私に付添って下さったが、兄が母の子でないということを教えられた。私はすごく悲しく、そしてひどく兄が可哀そうで、今でも我儘《わがまま》を云ったりしたことが済まなく思い返された。

石井に嫁《か》して兄と同じ福岡に住み、大人として付合うようになってからは、そんな影は失くなって、云いたいことを云って兄に甘えていたようである。〈中略〉

東京青山に住んでいた私が、「お兄様がお倒れになった。」という姉の電話で、前掛けを外しただけでタクシーに乗って南平台の家に駆け付けた時、兄は母の膝の上に仰むいて、あの大きな目を見開いたまま空《くう》を見ていた。母はその頭を抱くようにして私を見上げ、「もう、つまらんとばい、つまらんとばい」と顔を振って悶えていた。姉は兄の頭を冷やさねばと思ってか、台所でせわしなく氷を割る音を立てていた。

兄は前の晩徹夜で原稿を書いていた由。机の上には外国たばこの吸殻が灰皿に溢《あふ》れていた由。朝食をとり朝湯に入って、和服に袴《はかま》の姿になって外出（喜多能楽堂ではなかろうか）しようとした矢先、中島徳松氏の秘書が訪ねて見えたのに会う為、客間に出て、「いらっしゃい」と椅子に腰を掛けようとした途端、手を空《くう》に指し延べ床にずり落ちた。その方は、「変なことをなさる。」と思い、次いで「これは！」と思って「どなたか！」と大声を上げられた由。まったく一瞬間のことであった。

横浜の診療所へ行っていた石井に電話したら丁度手術を終わった所の主人が出た。「お兄様が亡くなりました。」と伝えると、「しまった。」と主人は一声云った。すぐ駆けつけてくれた時は稲垣博士も見えていたが、もうどう施す術もなく、兄はのべた寝床に静かに目を閉じていた。私は三十二、兄は四十八と思う。勿論数え年である。

直樹おにいさまの思い出

I：ここで生前の夢野久作の人物像について、少し補足をしておきます。

明治37（1904）年、久作十五歳、数え年では十六の日のこと。その年は2月に日本とロシアが全面戦争に突入していました。祖国存亡の危機が迫った戦時下に久し振りに福岡に帰ってきた父・茂丸から、将来、お前は何になりたいかと直樹は問われます。

以下は、夢野久作の「父杉山茂丸を語る」[24]にあった、その時の親子のやり取りです……。

> 中学に通い初めると間もなく私は宗教、文学、音楽、美術の研究に凝《こ》り、テニスに夢中になった。明らかに当時のモボ兼、文学青年となってしまった。
>
> その十六歳の時、久し振りに帰省した父から将来の目的を問われて、
>
> 「私は文学で立ちたいと思います」
>
> と答えた時の父の不愉快そうな顔を今でも忘れない。あんまりイヤな顔をして黙っていたの

で私はタマラなくなって、

「そんなら美術家になります」

と云ったら父がイヨイヨ不愉快な顔になって私の顔をジイッと見たのでこっちもイヨイヨたまらなくなってしまった。

「そんなら身体《からだ》を丈夫にするために農業をやります」

と云ったら父の顔が忽《たちま》ち解けて、見る見るニコニコと笑い出したので、私はホッとしたものであった。

「フン。農業なら賛成する。何故かというと貴様は現在、神経過敏の固まりみたようになっている。先刻《さっき》から俺の顔色を見て、ヤタラに目的を変更しているようであるが、そんなダラシのない神経過敏では、今の生存競争の世の中に当って勝てるものでない。芸術とか、宗教とかいうものは神経過敏のオモチャみたようなもので、そんなものに熱中するとイヨイヨ神経過敏になって、人間万事が腹が立ったり、悲しくなったりするものだ。その神経過敏は農業でもやって身体を壮健にすれば自《おのず》から解消するものだ。だから万事はその上で考えて見る事にせよ。現在の日本は露西亜《ロシア》に取られようとしている。日本が亡びたら文学も絵もあったものでない。そのサ中《なか》に早く帰って頂戴なナンテ呑気《のんき》な事が云っておられるか。雪舟《せっしゅう》の虎の絵を見せても、露西亜兵は退却しやしないぞ」

といったような事を長々と訓戒してくれた。

大正11年、長編童話『白髪小僧』を杉山萠圓名義で出版した。久作は作中のイラストも描いている

私は父の熱誠に圧伏されながらも、生涯の楽しみを奪われた悲しさに涙をポトポトと落しながら聞いていた。

……………このように夢Qは、若い頃には真剣に絵描きになろうかと考えていたくらいの母親譲りの画才を持っておりまして、久作が生前に描いたスケッチ画[25]の写しが筥崎宮ちかくの箱崎水族館喫茶室[26]には展示してあります。また、中学時代の久作は黒岩涙香《くろいわるいこう》やエドガー・アラン・ポーに傾倒する探偵小説愛好家でした。後年、父の訓戒に逆らってプロの作家となってからは、「いいものさえ書けば、東京であろうと田舎におろうと変わらんのだ。だから俺は福岡におって、東京の人を惹きつける」と家族に話していたように、福岡を離れずに傑作を生み続けます。

妹・瑞枝《みずえ》の小学生時代からの幼馴染みだった愛妻・クラさんとの結婚生活では三人の男の子に恵まれます。終日、書斎で机に向かいながらも、夕食の時には子供たちと一緒に食卓を囲み、孤独な幼少期に夢見た一家団欒《だんらん》[27]の時間を楽しんでいたようです。

長男の龍丸さんや次男の鐵児《てつじ》[28]さんが香椎小学校で野球を始める年頃になると、久作本人が少年野球に熱を上げてしまいます。一時期は放課後になると毎日のように学校の運動場に出掛けていって、とうとう校長先生から「貴方《あなた》が来てお菓子をやるものだから、みんな試験勉強をやりたがらない。もう来ないでくれ」と言われて、しょんぼりバットを引きずって帰っていったとか……。

また、久作は酒を一滴も飲めないかわりに外を出歩くのが好きな性分だったようです。『夢野久作全集7』（三一書房）の巻末の解説対談で、ご長男が「その当時よく歩いたのは、昔の宗像《むなかた》地区ですね。あのへんの所だとか、犬鳴《いぬなき》、それから志賀島《しかのしま》、太宰府、こういう所を引っぱり出されてよく歩きましたね」と語っておられます。そういった時の出立《いでた》ちは、白の作業服に淡いクリーム色のレインコート、黒のベレー帽姿で、下駄履《げたば》きでひょこひょこ歩いていたと……。

そのような香椎村での暮らしを満喫していた久作が、たまにフラリと博多に現れると一変、街中のお菓子屋、ぜんざい屋、喫茶店など主だった甘味処《あまみどころ》の味を知り尽くしていた〝恐るべき甘党〟だったと伝わっています。そういう時はマフラーを首に巻き〝地球〟と渾名《あだな》された程の大きな頭が入る特注サイズの帽子を幾種類も冠《かぶ》りわけ、ベルベットのハイカラな服を着こなすスラリとしたノッポさんでしたから、往来の人々の目を引いたようです。西中洲の「カフェーブラジル」や東中洲の西大橋が架かる那珂《なか》川河畔のアールデコ調の喫茶店「ブラジレイロ」にフラリと現れて、大好物のパンと珈琲を注文してゴールデンバットを薫《くゆ》らせていると、博多の人々は〝福岡一ハイカラな男〟なぞと評していたとのことですよ……。

セーターは妻の手編み

W：ひとつ伺いたいのですが、夢野久作という筆名《ペンネーム》は方言の「夢の久作」から採っておったので御座いましょうか？　たしか博多弁では「夢の久作サンのごたーる」などと云っては、昼行燈《ひるあんどん》とでもいおうか、現実の問題に対しては何処《どこ》かピントのはずれたような考えや行動をする者を指して使っておったように記憶しておるのですが……。

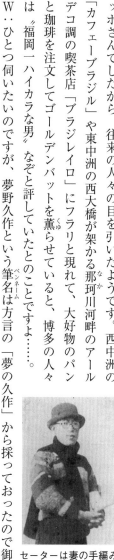

I：モチロンそういう意味もありましょうが、一方ではもう少し意味合いに深みのある方言というか、昔の福岡博多の人でないと分かりにくい感覚かもしれませんが、その言葉の奥底には多少の愛情が込められていた方言だったのですよ。千葉県出身の若林教授にはチョット伝わりにくいかも知れませんね。「夢の久作」という博多弁は、一般の人々が現実の生活で生き抜くために自己中心的な計算や利害にとらわれた行動をとりがちなのに対して、理想主義というか、夢のような現実離れしたことを考えている人のことを指しても使われていた言葉なのです。

そのような〝夢の久作サン〟たちの中には、周囲の人々を巻きこみながら奇想天外で何か突拍子もないユニークな発想法を編み出したり、持ち前の行動力で常人には考えられないようなことをやってのける人も含まれていたのです。近年の例でいえばペシャワール会の中村哲さんや、ジャンルは違いますが芸能界で活躍している人たちなども、そんな〝夢の久作サン〟になるのかもしれませんね。

福岡に住んでいる人たちは割と、そんな夢見がちの〝夢の久作サン〟のヒヨッコたちを卵の頃から温めるのが好きでしてね。いちがいに馬鹿にしたり阿呆《あほう》といって突き放したりせずに、駄目で元々だからと笑って応援してくれる気質というか精神的風土がここにはあるのですよ。

久作の父・茂丸が、息子が書いた原稿を読んでみて、「ふーん、夢の久作の書いたごた〜る小説じゃね〜」と感想を漏らしたそうですが、それに気を良くした久作が自分のペンネームに決めたと伝わっていますし、茂丸自身にしても大国ロシアを相手に小国日本が一戦交えて勝利できる策謀を、洋の東西、新旧大陸にまたがって張り巡らせていたっていうだけでも、並外れた〝夢の久作サン〟だったのだろうと僕は思いますがね。

さらに、久作の嫡男の龍丸さんともなると、「杉山家はアジアのため自分一代で潰す覚悟だ」と豪語しながら、東インド会社～大英帝国による３５０年の支配から独立直後の大飢餓を救うためにインド北西部の広大な不毛の大地を緑の沃野に変えようと一人で奔走しておられたのですから、杉山家の人々は久作に限らず、みんな根っからの〝夢の久作サン〟の血筋なのですよ、キット……。

Ｗ：皆が皆、規格外の〝夢の久作サン〟だったのですなあ。

Ｉ：最後に、久作の短編『瓶詰の地獄』のアヤ子のモデルと噂された喜多君子さんへのインタビューが葦書房刊『夢野久作著作集１』の「月報５」に収録されていますので、そこから抜粋して読み上げてみますね。喜多さんのお母さんが例のシャンシャンで、旧姓安田君子さんは夢野久作こと杉山直樹とはイトコの間柄にあたられる方です。

〈インタビュー〉

直樹おにいさまの思い出

喜多君子（語り手）

――夢野久作との出会いはいつ頃になりますか。

「私と久作とは年がちょうど二十違いますので、はっきり意識するようになったのは福岡高等女学校を卒業してからでございます。大正十五年頃でしょう。それ以前は、私の家によく遊びに来るおにいさまというぐらいの意識しかなかったですね。ただ、久作だけは杉山家の中では特別な存在で、小さい頃からずっと久作のことを、〝直樹おにいさま〟と呼んでいました。女学校時代は声楽家を志していましたが、卒業後は声楽の道からなんとなく離れてしまいました。ちょうどこの頃、久作から能の稽古《けいこ》に引き込まれました」

――稽古の様子はいかがでしたでしょうか。

「久作の能楽に対する情熱は特別で、それにとても世話好きでしたから、『とにかくおもしろいからやってみなさい』という風で自分が謡《うたい》をやり、私に小鼓を打たせました。いつも稽古の前には、自分で買ってきた〝凪洲屋《なぎすや》〟（福岡市中央区天神）の黒羊羹《ようかん》をまず一緒に開け、いっしょに食べるんです。甘い物が大好物でしたから『うまいねえ』とひと言あってから、おもむろに稽古にはいるんでございます。謡の本を前に置いて小鼓の打ち方を細かく教わり、それから本を見ずに久作の謡に合わせて小鼓を打ちました」

――能の稽古では小鼓を主に教えてもらったのですか。

「小鼓だけを教わりました。能楽については梅津只圓直伝ですから相当に自信を持っていたようです。能への熱が高じて、小鼓も久作本人が作ったりしていました。でも、久作の作った小鼓は使えませんでした。道具職人が作るようにはいかなかったようですね」〈中略〉

――稽古を通して久作から学んだことも多かったのではないですか。

「はい、それはもういろいろなことを教えてもらいました。女学校を卒業してから昭和四年まで、結婚のために上京するまでの三年半の間が久作を一番身近に感じた時期でした。稽古を通してというよりも普段の生活の中で大切なことを言ってくれました。教えることが好きな性格だったようです。女性としての生き方――『金杉瑞枝《かなすぎみずえ》（久作の妹）のような女性になりなさい』とよく言われました――だとか、人間の精神面についても。今でも印象に残っているのは、『どんなことがあっても〝死ぬ〟ということを解決の手段としてはいけない』『道端に居る何でもない人たち、日陰の部分をよく見なさい。そういう人たちの中にも世の中を動かしている人がいるんだよ』といったことばですね。そのときは聞き流していましたが、結婚してからその後の私の大きな支えとなったように思います」

――他に久作という人物について印象に残っていることはありますか。

「そのときどきの気分や場所によっていろんな服装をする人でした。たとえば、能の稽古に来るときは袴《はかま》を着用して下駄《げた》をはいていましたし、そうかと思うとボロを着てルンペンを装ったり、キャメルのコートに帽子をかぶって紳士然としてみたり、セーターを着てハーモニカを吹いたりと様々でした。ハイカラさんでしたね」〈中略〉

――東京でも久作とはよく会いましたか。

「はい。久作は上京してくるとよく石井俊二（医師）・たみ子（久作の妹）夫妻の家に遊びに来ました。マージャンが好きでしたから、私もよく呼ばれ四人でテーブルを囲みました。あの二・二六事件の日もマージャンをしていたのを憶えています。大雪の日で、屋根から雪が落ちたのか大きな音がしましたから、あの時のことははっきりと憶えています。この十日ほど後の三月十一日に急逝しますが、その間、何度か好きなコーヒーを飲みに行きました」

――久作の文学作品の中でどれが印象深いですか。

「作家としての夢野久作を意識したことはあまりございませんので、その作品も多くを読んではいないのです。身近な人や場所が作品中に登場するということで言えば、『あやかしの鼓』『少女地獄』と『ゐなか、の、じけん』ぐらいでしょうか。小鼓を教わっていましたから、今『あやかしの鼓』という小説を書いているという話をよくしてくれました。『少女地獄』には石井俊二さんの病院で働いていた看護婦さんが出てきますし、『ゐなか、の、じけん』の舞台は福岡の香椎あたりですから……。ただ、私の中では作品よりも、兄としての杉山直樹という人物のほうがはるかに印象深いのでございます」[29]

（故喜多実氏夫人[30]。聞き手・葦書房　小野）

W：スミマセンが、夢野久作の逸話をアレコレ伺っておるうちに、かえってその人物像が摑《つか》めなくなってしまったのですが……。

I：そうでしょうねー。

W：要するに、幾つもの能面《ペルソナ》を隠し持った鵺《ぬえ》なのですな、夢野久作という名の天才は……。

注解

（24）ちくま文庫の『夢野久作全集11』に収録。

（25）杉山家には14歳頃の夢野久作が描いたスケッチ画が残されている。その中には明治36年8月28日の日付入の「田川郡渡船風景」や同年11月16日の日付入「田川郡糸田」および17日の日付入「汽車中」という作品がある（福岡県立図書館「杉山文庫」に寄託）。久作がこの年の夏から秋にかけて筑豊地方で描いたスケッチ画を残していることは、当時、田川郡の糸田町にあった豊国炭鉱の職員住宅で寮母として働いていた実母・ホトリの許を訪れていた証といえるかもしれない。現在、これらのスケッチ画の複製は福岡市中央区の須崎公園の県立美術館喫茶室や東区箱崎の筥崎宮ちかくの箱崎水族館喫茶室で常設展示されている。

（26）筥崎宮から程近い箱崎水族館喫茶室は、『ドグラ・マグラ』に登場する筥崎水族館の当時の館長・故久保田知俊氏の曾孫にあたる花田典子さんと夫の宏毅さんが経営する喫茶室。花田さん夫妻は須崎公園内の県立美術館喫茶室も経営されており、こちらには『ドグラ・マグラ』の時代（大正期）に九州帝国大学で実際に使用されていた什器類（棚や机）も展示保存されている。前述の中学時代のスケッチ画の複製展示とともに、お土産用のトートバッグやTシャツなどの夢Q関連グッズも置

上が「田川郡渡船風景」、下左が県立美術館喫茶室、下右が箱崎水族館喫茶室

かれており、久作ファンにとっての隠れ家的な〝ユメノ聖地〟となっている。

（27）杉山龍丸が香椎の夢久庵での夕食後の一家団欒を回想した文章が残っている。１９７９年３月に西日本図書館コンサルタント協会から刊行された『ルルとミミ』の着色切り絵集（黒木やす子）に寄せた序文から抜粋。

　夢野久作は、とくに童話が好きで、私に、アラビアンナイトの物語りや、アンデルセンの童話、ロシアの童話等を与えてくれました。

　また、夕食のすんだあと、弟の鉄児《てつじ》や参緑《さんろく》をひざに抱いて、あの大きな長い顔を大きな手でなでまわしながら、ぽつり、ぽつりと、民話や童話を話してくれるときの表情、そして、その話を聞いての私達の驚きと喜び、笑い。

　とくに、母のクラが腹を抱えてあまり笑ったので、食事ができなくなったりしたことがあり、その様子が今も記憶にのこっています。

　童話は、私達が生れて、育ってゆき、成人になってゆくときのいちばん大切な子供の時代に、人間として生きる現実や意外性、世界、大宇宙の真理、そして神秘といったものへの考え方生き方をはぐくむ最も大切なものであると彼は考えていたようで、それは、小説や、その他の創作よりも、大変難しいものであると思っているようでした。

　私は、祖父や、祖母から寝物語りに話を聞く機会がありませんでしたので、父から夕食のあとの話を聞くとすぐ布団にもぐりこみましたが、眠りながら、夢の中で、ようし、私も童話をつくって見よう、と思ったこともありました。

（28）以下は、『夢野久作～快人Q作ランド～』（夢野久作展実行員会／１９９４年刊）所収の「父を語る　三苦鉄児氏聞き書き」からの引用（インタビューを受けている三苦鉄児氏は、夢野久作の二男）。

――夫婦ゲンカとか、たまにはなさってました？

三苦　はぁ（苦笑）。私が覚えいるのは二度です。父がキミさん（久作の美貌のいとこ。「瓶詰地獄」のモデルとも言われる）に指輪を贈ったのを母が知りましてね、怒ってました。もう一つは、父が九州日報を辞めて祖父に月二百円の送金を頼んだときのことです。母は、幾茂お祖母さんから色々言われるのが嫌だから、自分が教師をしてでもいい、なんとか自分達でやっていきたいと言って泣きよりましたね。

このインタビューで話題に上った〝キミさん〟が喜多家に嫁いだ旧姓・安田君子さんで、久作の叔母・薫の末娘。なお、安田薫こと旧姓・杉山薫は『押絵の奇蹟』のモデルとされる。

(29)『少女地獄』の「何んでも無い」に登場するヒロイン・姫草ユリ子のモデル。

(30) 喜多実は能楽師、シテ方《かた》・喜多流十五世宗家。夢野久作にとっては、大正4（1915）年以来の師友である。久作が親愛の情を込めて綴ったエッセイに「みのる君の悪口」（1929年）と、「実さんの精神分析」（1932年）がある。喜多実の娘である喜多道枝さんは、のちにシリーズ化される世界名作劇場・第1作アニメ『フランダースの犬』で、主役のネロ、幼馴染の少女アロア、ネロの祖父、アロアの母、ヌレットおばさん、ジョルジュ、ポール、ナレーターの八役を、一人で演じ切った伝説的声優（〝喜多道枝〟で検索するとYouTubeで視聴できる）。同作品の最終話の視聴率は30・1％を記録し、特にルーベンスの絵の下でネロが、「パトラッシュ、疲れたろう。僕も疲れたんだ。なんだか、とても眠いんだ」と呟き天国へと旅立つラストシーンには多くの人々が涙した。当時は喰えない役者の吹き溜まり扱いで舞台・映画・TV俳優からは一段下に見られていた声優界だったが、そこにシテ方・喜多流能楽宗家の令嬢である喜多道枝さんが舞い降りてきて圧倒的な結果を示したことで、その後の声優たちの社会的な評価や、ひいてはアニメ界のレベルそのものを引き上げることに繋がった。

幕末・萌え

I：……幾つもの能面《ペルソナ》を隠し持った鵺《ぬえ》。まあ、そうとでも形容するしかないでしょうねえ……。この人物は千八百年前の古《いにしえ》の都・橿日宮《かしひのみや》の奥に潜む物《もの》の怪《け》なのですよ、若林教授。

夢野久作こと杉山直樹は、二十六歳で杉山泰道《たいどう》と改名しますが、新聞記者になってからは、「蓑笠奴《みのかさやっこ》」「香椎村民」「ホ○《えん》」「白木朴平《しらきぼくへい》」「海若藍平《かいじゃくらんぺい》」「香倶土三鳥《かぐつちみどり》」「土原耕作《つちはらこうさく》」「とだ けん」「三鳥山人《みどりさんじん》」「癋見鈍太郎《べしみどんたろう》」「覆面教授」「Q」などと、いくつもの筆名《ペンネーム》を使い分けてきました。さらに筆名とは別に、出家した際には禅僧として「ホウエン」と称していました。

W：その「ホウエン」なる法号はどのように綴《つづ》るのですか？　チョット、ここに書き記してみて下さいませ。

I：いいですよ。じゃあ、新字体と旧字体を併記して書いてみますね……。

「萌円」＝「萠圓」

W：新字体では「くさかんむりに、明ける・明るい」と書いて「萌《ほう》」、旧字体では「くさかんむりに、月が二つ並んだ朋《とも》」。ただし、この場合の朋は月の中の横棒を点々と書いて「蒴《ほう》」となっておるのですか。下の「圓《えん》」の字は、今では随分と画数の少ない「円」の字になっておるのですな。
そして、この「蒴」と「円」を組み合わせて「ホウエン」と読ませるのですか？
I：そうです。
W：俗世を離れて悟りの境地を目指した割には、「蒴え蒴え《もえもえ》」だったのですなあ、タイドーさんは……。
I：そうですね。仰《おっしゃ》るように「萌え」の草分けというか、パイオニアっぽいですね、名前からは。ですが、久作自身の想いとしては真剣に考え抜いて付けた法号だったと思えるのですよ、僕には。久作には「家督《かとく》相続をめぐって実の父である杉山茂丸との間に親子の確執を抱えていた。精神病院に放り込まれて廃嫡《はいちゃく》とされる前に、父親憎しで出家した」などという風説が一部にはあったようですが、僕が推理してみたところでは決してそうではありませんよ。
W：何故、そう思われるのですか？
I：このことは小説ではないので余り立ち入りたくないのですが、家督相続もナニも久作は五歳で杉山家の家督を継いでいたのですよ。仮に、無理に廃嫡させたところで、久作が失踪《しっそう》した時期には弟の峻《たかし》と五郎はすでに他界していて、杉山家には他に家督を継ぐべき男子がいませんでした。ですから、廃嫡うんぬんには動機そのものが存在しません。
さらにいえばですね、この「蒴圓」という旧字体の法号にこそ、茂丸と久作の親子関係を示すヒントが隠されているからですよ。久作は父に対して大いなる敬意を抱いていたからこそ、禅門に入るにあたって自ら「萠圓」と号したに違いないのです。この謎……教授なら、どう解かれますか？

Ｗ：うーん、すぐには分かりませんなあ……。

Ｉ：ヒントは、久作の父の名前です。

Ｗ：「茂丸」が謎解きの鍵なので御座いますか？　………!?　嗚呼《アア》、ナ～ルホド。そういう訳でしたか！　茂丸が三次元で、萠圓が二次元という訳ですなッ！

Ｉ：ご名答！　流石《さすが》は〝迷宮破り〟の二つ名をお持ちの若林教授です。あっという間に気付かれましたね！　仰《おっしゃ》る通り、久作が出家して名乗った法号「萠圓」は二次元を指し示していたのです。

萠圓の「圓」は、まるい「円」という新字と同字です。同字とは字形は異なるが同じ意味で使用が認められている漢字のことで、互いに異体字の関係にあります。

僕は夢野久作が名乗ったこの「萠圓」という漢字の字面《じづら》をジッと眺めていて……久作は、或いは父「茂丸」との何らかの繋がりを意識して、この法号を選んだのではないだろうか……と考えて、「萠」と「茂」に共通する属性を炙《あぶ》り出してみるところから推理の糸を垂らしてみたのです。

Ｗ：そうして気付かれたのですな、「萠」と「茂」とに共通する属性に……。

Ｉ：はい。ちょっと注意すれば、両字ともに草木の成長を表す漢字だと誰でも気付くはずです。

Ｗ：萠圓の「萠」という字は草木が「大地から芽生えるという状態」を指し、一方、父・茂丸の名に含まれる「茂」という字は草木が大きくなって「方々の枝から出た葉が重なり合った状態になる」という意味の漢字だという訳なのですなッ。

Ｉ：そうです。植物は「萠《も》え」出《い》ずると、次の成長段階である「茂る」へと移行します。さらに、祖父であり、茂丸の父にあたる杉山三郎平誠胤《さぶろべえまさたね》にまで遡《さかのぼ》ると……、「河川から荒地に農業用水を引き、灌漑を施して園（草花・果樹・野菜などを栽培する所）と成す」といった意味合いの「灌園《かんえん》」となる訳です。

Ｗ：灌園？　アア、久作の祖父は、もともとの三郎平という名から灌園と改めておったのですか？

Ｉ：はい。夢野久作が能の教えを乞うた師との思い出を綴った『梅津《うめづ》只圓《しえん》翁伝』によると……、

筆者の祖父は旧名三郎平、黒田藩の応接方で後、灌園と号し漢学を教えて生活していた。私は生れると間もなくからその祖父母の手一つで極度に甘やかして育てられたものであった。

……とありましたから。

Ｗ：久作の祖父が灌園で、能の師匠は梅津只圓と申されたのですか……。興味深い！

Ｉ：さらに、杉山家と縁が深い筑紫野市の市民図書館に設置された〝杉山三代コーナー〟や久作の嫡男が家伝をまとめて雑誌「九州文学」に発表していた「西の幻想作家―夢野久作のこと―」などによると……そもそも福岡藩士・青木家の長男であった青木久米次郎は、幕末動乱期に長州藩と連携して動いていた黒田藩家老・加藤司書《ししょ》を筆頭とする筑前勤王党に属する志士たちが次々と切腹や

斬首を命じられた〝乙丑《いっちゅう》の獄《ごく》〟が勃発した慶応元（１８６５）年の翌年に、黒田藩の諸藩応接役を藩主から仰せつかった人物のようなのです。

　乙丑の獄では、加藤司書の部下だった久作の曾祖父・杉山啓之進には閉門・謹慎の処分が下され、長男・信太郎も廃嫡処分となって杉山家は断絶の瀬戸際に立たされます。そこに啓之進の妻が藩の重臣に嘆願して出した和歌が藩主・長溥《ながひろ》公の思し召しに叶って、青木久米次郎が杉山家の長女・紫《し》芽《げ》（別表記・重喜《しげき》）の夫として婿養子に入って家を継ぎ、名を三郎平と改めたのです。

W：つまり、「青木家の長男・久米次郎＝《イコール》杉山家への入り婿・三郎平＝灌園」という図式ですか。

ところで、加藤司書といえば福岡の勤皇志士集団〝筑前勤王党〟を手足の如く従えていた黒田藩の筆頭家老でしたな。たしか、嘉永６年、１８５３年６月に米国東インド艦隊司令長官ペリー率いる黒船の浦賀来航で江戸幕府に激震が走った翌７月に、ペリーに負けじとばかりにロシア極東艦隊司令長官プチャーチン率いる艦船４隻が長崎港にその船影を現すや、出島の守備の任に就いていた筑前藩部隊を増強、新たに凡《おおよ》そ五百の黒田藩士を国許《くにもと》より率いて長崎沿岸の警固《けいご》にあたらせた人物では御座いませんかな？

I：若林教授は、幕末の筑前黒田藩の動向についても、なかなかお詳しいようですね……。

　仰る通りです。将軍のお膝元で温々《ぬくぬく》として、ろくに外国船

祖父・杉山三郎平灌園

も見たことのない江戸の旗本連中とは違い、寛永18（１６４１）年に幕府より、佐賀藩と隔年交代で〝長崎警固番役《ばんやく》〟を命ぜられて以来、外国船の出島への出入りを二百年以上見届けてきた福岡藩ですからね。プチャーチン来航を知るや、怯《ひる》むことなく兵力の増強を決断。そして、長崎警固のために筑前から出張《でば》って行った五百の部隊の中に、夢野久作の曽祖父・杉山啓之進も鉄砲隊頭として参陣していたという歴史秘話があったのです。

W：左様でしたか……。では、夢野久作の祖先は筑前勤王党とも近しい関係にあったのやも知れませんな。筑前勤王党の首領ともいえる加藤司書は、燃料の炭と水を要求してきたプチャーチンに「武士の情けで水だけを呉《く》れてやる」とロシア艦隊を港から退《しりぞ》かせ、その後は長崎奉行と薩摩と長州の間に立って密かに倒幕のキャスティングボートを握りながら、第一次長州征伐（元治元年、１８６４年）においては「外国艦隊の脅威を前に国内で戦っておる時ではない。今は国防に専念すべし！」との論陣を張って長州助命の周旋《しゅうせん》に奔走し、幕府と長州両軍の即時解兵に尽力しておったようです。

　加藤司書はまた、第一次長州征伐の戦後処理に干渉し、堺町御門の変（八月十八日の政変）に端を発した七卿落《しちきょうお》ち以来、ずっと長州藩に匿《かくま》われていた三条実美《さねとみ》ら五卿を長州から筑前領内の太宰府へと一人も離散させることなく迎え入れる妥協案を実現させることにも成功します。その結果、尊皇攘夷派公家の中心的存在であった三条実美の新しい蟄居《ちっきょ》先に定まった太宰府天満宮境内の延寿王《えんじゅおう》院《いん》には、薩摩藩の西郷隆盛・大山巌・村田新八、長州藩の高杉晋作・桂小五郎（木戸孝允）・伊藤俊輔（博文）、土佐藩の中岡慎太郎・田中光顕《みつあき》・土方久元《ひじかたひさもと》・佐々木高行《たかゆき》、肥前藩の江藤新平、筑前藩の平野國臣《くにおみ》・月形洗蔵・早川養敬《ようけい》・野村望東《もと》尼《に》、さらには脱藩浪士の身でありながら大英帝国とのパイプをもっていた坂本龍馬に至るまで、攘夷志士の面々が続々と集い、菅原道真公ゆかりの太宰府天満宮を以《もっ》てしてのちの薩長同盟の端緒が切り開かれるという〝明治の御一新《ごいっしん》〟の策源地となっていた……といったような筑前福岡藩の幕末秘話だったのではなかったでしたかな？

I：そうそう。大体そんな流れです。欧米からの武器の仕入れが可能な肥前長崎と長州を結ぶ長崎街道と、鹿児島に繋がる薩摩街道の二つの街道が接続する分岐点《ジャンクション》という地の利からいっても、太宰府は攘夷志士たちにとって最適の会合場所であったのですが、その太宰府に五卿が入ったことで、尊皇攘夷派の公卿が発する磁力に引かれるように、数多《あまた》の名立たる志士たちまでが菅原道真公の墓《はか》所《しょ》に[31]集って来たという訳です。

　このような感じで、「夷狄《いてき》を撃たずしてナンの征夷《せいい》大将軍か！」と吠えた倒幕の〝萌えの季節〟といってもよいこの段階までの福岡藩は、割と具合よく時勢の流れに乗っていたのです。ところが、先述の〝乙丑の獄〟の時点で、まあ、これは結果論かも知れませんが、藩主の黒田長溥公が時流の変化をウッカリ見誤って、福岡藩内の勤皇派の面々を十把《じっぱ》一絡《ひとから》げに粛清《しゅくせい》するという、血の大弾圧をやらかしてしまっていたのです。まあ、こんなマイナーな幕末の話は学校の教科書に載ることもないのでしょうから、知っているのは福岡でも一部の歴史に詳しい人だけなのですが……。

W：歴史に〝イフ〟は無いながらも、乙丑の獄が避けられておれば、「薩長同盟」は後の歴史書には「薩長筑同盟」と記述されておったでしょうに……。マッタクもって、蘭癖《らんぺき》大名としてその名が知られた黒田のお殿様も、ココ一番！　という勝負処で下手《へた》を打ったものですなあ……。

I：将棋の格言でいうところの「飛角の捨てどころ肝要なり」ってヤツなんでしょうが……。

そんな訳で、杉山家の婿養子に入った三郎平さんは加藤司書亡きあと、維新回天が目前に迫った時期に黒田藩の密使として、長州藩の小田村伊之助《おだむらいのすけ》らと密かに連絡を取り合っていたようなのです。

ちなみに、『鬼滅の刃』の嘴平伊之助《はしびらいのすけ》と同じ名を持つ小田村伊之助こと楫取素彦《かとりもとひこ》は、吉田松陰の妹・寿《ひさ》を娶《めと》っていた長州のキーパーソンの一人で、寿に先立たれた後は久坂玄瑞《くさかげんずい》の未亡人となっていた松陰のもう一人の妹・文《ふみ》を後添いに迎えて、先ほど若林教授から教えていただいた〝ゾロレート婚〟をしていた人物です。

W：そうだったのですか？　夢野久作のご先祖サンたちは、そのような隠れた歴史の逸話の中にも姿を見せておったのですな……。

I：ええ。杉山家の家伝によれば……、杉山三郎平は、幕府軍が大敗する第二次長州征伐（慶応2＝1866年）の折には高杉晋作とも連絡を取り合って、長州の奇兵隊が小倉の小笠原藩を攻める際には黒田藩の軍勢が国境《くにざかい》近くの遠賀川《おんががわ》より先へ進まぬようにするといった計略を託されていた人物とされていますから、或る意味では乙丑の獄で断罪された筑前勤皇党の志士たちの遺志を受け継ぐ黒田武士《サムライ》でもあった訳です。

また、三郎平灌園は黒田藩五十五万石の諸藩応接役を務める一方で、藩校・修猷館《しゅうゆうかん》で朱子学、国学、水戸学などを教授する助教でもあったのですが、胸の裡《うち》では〝万世一系〟を貴《たっと》び封建的身分制を堅持する朱子学よりも、そのアンチテーゼともいえる陽明学の〝一君万民〟を善しとする、どちらかといえば民の側に寄り添う思想を持っていた儒学者だったようです。

　杉山家は代々、戦闘時に主君の身辺に就いて警護する馬廻組《うままわりぐみ》と呼ばれた中級の家格でした。知行地も与えられて百三十石取りでしたが、明治の御一新が成るや、当主の三郎平は自らの信念に従って、黒田の殿様に「武士も俸禄に頼らずに帰農すべきである」と半日もかけて直言。その結果、殿様の不興を買って謹慎処分を申し付けられてしまいます。翌明治2（1869）年、謹慎が解けると「御役御免！」とばかりにサッサと武士をやめて、知人の塩田家を頼って遠賀郡の蘆屋《あしや》へ移住して帰農します。そして田畑を耕し土と戯れるという屯田兵《とんでんへい》のような生き方に生活を改めるのですが、そのために後に士族としての秩禄処分《ちつろくしょぶん》にともなう公債を受けられず、以後、杉山家はドン底生活が始まるのです。よくいえば、周囲のお武家さんたちが付いてこられないスピードで、時代の先へ先へと独りで駆けて行ってしまったお侍さんだったのです。

W：それはまた、かなり大胆な行動を選択したものですなあ……。

I：ですから、夢野久作の父・茂丸も、三郎平が帰農して蘆屋へ移住する前頃《まえごろ》までは小姓として福岡城への出仕が許されており、その際に藩主から賜《たまわ》った名が「茂丸誠一《のぶかず》」であったというお話が口伝として残っているのです。

W：杉山家の跡取り娘・シゲの息子にシゲ丸という名を与えたのですか？　黒田の殿様もワリと安

直ですな～。
I：ちなみに、それまでの茂丸の幼名は「秀雄」だったというハナシですよ、教授。……マア、このようなあんばいで、杉山家の漢《おとこ》たちは何の因果か分かりませんが、茂丸にしろ三郎平灌園にしろ、そして蒴圓と名乗った久作まで、大地に根差す草木の成長に関わるかのような名前を持つ者ばかりだったのです。
W：要するに、令和のドグラ・マグラファンの皆さんにも分かりやすくご説明するならば……、「蒴圓《ホーエン》→茂丸《シゲマル》→灌園《カンエン》」の名は〝草タイプ・ポケモン〟の漢字であり、それぞれ三者が名前の上では、「ピチュー→ピカチュウ→ライチュウ」のような進化形態をとっておる訳ですなッ！　ん？否《いや》、ちょっと違いますな。ピカチュウは〝でんきタイプ・ポケモン〟で御座いましたから、杉山家が〝草タイプ〟の家系だと仰るのであれば、「キモリ→ジュプトル→ジュカイン」といい直した方が、よりシックリといきますかな？
I：ウワア。やわらか過《す》ぎます。……それぢゃア。
せっかくここまで真面目な話をしてきたのに、全部ぶち壊しじゃないですか！　それに、その説明じゃ、杉山家は代を経るごとに進化どころか、逆に退化していっていることになりませんか、教授。
先ほども少し触れましたが、杉山家には夢野久作の次の代には、大英帝国による支配から独立して間もないインドの大飢餓を救うために、インド北西部の広大な大地を緑の沃野に変えるべく孤軍奮闘しておられた、グリーン・ファーザーの杉山龍丸さんが控えているのですよ！

W：……では、「杉山農園のキモリ」こと夢野久作の次世代の嫡男・タツマルは、〝草タイプ〟のポケモンから〝ドラゴンタイプ〟の能力までも併せ持つ、驚異のメガ進化ポケモン「メガジュカイン」にまで進化しておったものと、私の中では理解しておくことといたしましょう。

I：マックタク！　令和の時代に無駄に仕入れたポケモン雑学を駆使して巫山戯《ふざけ》るのは、モウ、そのくらいにしておいてくださいよ〜、フウ……。

注解

（31）全国天満宮の総本宮として知られる太宰府天満宮の興《おこ》りは菅原道真公の墓所である。そもそも菅公の聖廟の神宮寺《じんぐうじ》だった太宰府天満宮の本殿の真下が道真公の御墓所であり、参拝者の多くは無自覚な墓参りをしている。しかし、本殿裏手の拝礼所では〝御墓所参《ごぼしょまい》り〟の信仰が昔からあり、時折ひざをついて参る人を見掛けることがある。

明治の「神仏分離令」まで、安楽寺《あんらくじ》天満宮と称されていた太宰府天満宮の境内《けいだい》には宿坊の延寿王院《えんじゅおういん》があり、その敷地には〝五卿《ごきょう》遺跡《いせき》〟の碑がある。１８６３年の「八月十八日の政変（堺町御門の変）」で、尊王攘夷派の七人の公卿《くぎょう》が京都から長州へ追放されており（七卿落《しちきょうお》ち）、さらに翌年の長州征伐を受けて、三条実美《さねとみ》ら五人の公卿が長州から延寿王院へと移された（五卿落ち）。このような経緯から、延寿王院には〝五卿遺跡〟の石碑が建立され、その碑の裏には、五卿のもとに参じた坂本龍馬、西郷隆盛、桂小五郎ら幕末の志士たちの名が刻まれている。令和の現在、延寿王院は西高辻家（菅原家嫡流《ちゃくりゅう》・高辻家の血統）の私邸となっている。

太宰府で神職を司る西高辻家の信良《のぶよし》前宮司《ぐうじ》は夢野久作と同じく、修猷館、慶応と進み、國學院大學神道学専攻科を卒業後は昭和58年から太宰府天満宮の宮司と、のちに鬼滅の刃の大ヒットで脚光を浴びる竈門《かまど》神社の宮司を兼務していた。平成27年に神職の最高身分である〝特級〟に昇任後、令和改元を直前に控えた平成31年4月1日に御令息の信宏《のぶひろ》若宮司に太宰府天満宮の宮司を譲り、以後は遠《とお》の朝廷《みかど》大宰府の鬼門封じの社《やしろ》でもある竈門神社宮司のみを引き続き務めている。

なお、神社本庁では「神職身分に関する規程」として特級、一級、二級上、二級、三級、四級という身分の区分が定められているが、芥見下々《あくたみげげ》先生の人気漫画『呪術廻戦』の作中にも似たような等級区分があり、なかでも特に〝特級〟呪術師と呼ばれる4人のメインキャラのうち2人が、菅原道真公の子孫というキャラクター設定となっている。

上から、太宰府天満宮の「鬼すべ神事」、竈門神社、太宰府天満宮本殿裏手の拝礼所

二次元・萌え

I：さて、杉山家の祖先のその後の話です。

幕末・維新の動乱期を過ぎると、夢野久作の祖父、杉山灌園《かんえん》は慶応年間（１８６５～６８年）に妻・紫芽《しげ》（重喜《しげき》）に先立たれ、明治３（１８７０）年に友子と再婚します。それからのちに遠賀郡の蘆屋《あしや》を離れ、明治９（１８７６）年に糟屋《かすや》郡箱崎《はこざき》村の筥崎八幡《はこざきはちまん》宮(32)社畔《しゃはん》に移り住みます。明治９年は茂丸の異母妹・薫が誕生した年です。そして翌10年には今の筑紫野市山家《やまえ》に転居しています。それから、同地から程近い旧・夜須《やす》郡二村《ふたむら》、現在の福岡県朝倉郡筑前《ちくぜん》町に居を移して「敬止《けいし》義塾」という名の家塾を開きます。茂丸は初めのうちこそ父を手伝ったり、農作業や鍬の柄や下駄《げた》の歯替えの行商をしたりして家計を助けますが、やがて民権思想に触れて過激化、政府高官の首を攫《さら》おうと決心して出奔《しゅっぽん》します。

その後、現在の福岡市の住吉に転居した杉山家では、茂丸を落ち着かせるために嫁取り話が持ち上がります。嫁《とつ》いできたのが、黒田藩で同じ馬廻役《うままわりやく》で親類でもあった大島義賢《よしたか》の長女・ホトリです。

ところが国事に奔走していた茂丸はたまにしか家に帰ってこず、また茂丸の継母の友子がとかく八釜《やかま》しい人で、久作が満で一歳になる頃には実母・ホトリは姑《しゅうとめ》に一杯喰わされた格好で、封の中身の文面も知らされぬまま父・大島義賢宛ての離縁状が入った手紙ひとつを持たされて荒戸《あらと》の実家に帰されてしまったようなのです。

　こういった家庭事情から夢野久作は実の父母の顔をほとんど見ることなく幼少期を過ごす羽目《はめ》となり、親代わりの祖父・灌園と継祖母・友子に溺愛されて育ちます。そして藩校・修猷館《しゅうゆうかん》の助教を務めた儒学者でもあった祖父の教育方針で、孫は儒学の一派である陽明学の素養を叩き込まれます。そのようにして学問に勤《いそ》しむご褒美に甘いお菓子の金平糖や頭がスーッとする煙草《たばこ》の煙などを貰《もら》っているうちに、三、四歳で論語や孟子を諳《そら》んじる一方で立派なニコチン中毒の神童へと成長していったのです。

W：年端も行かぬ子供に喫煙をさせていたとは感心しませんが、彼なりに父親代わりの務めを果たそうと愛情をもって孫に接していたのですなあ、灌園は……。

I：ええ、僕もそう思います。そのような久作の境遇を考えるとですね、ほとんど父親的な存在だった灌園が当時の夜須郡二村に開いていた家塾、敬止義塾のケイシという音の響きから、作家とな

赤ん坊の久作を抱く灌園と、若き日の杉山茂丸

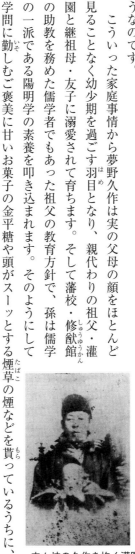

った久作が畢生《ひっせい》の作品と称して書き上げた大長編『ドグラ・マグラ』の重要キャラである正木博士に「敬之・ケイシ」という名を付けたと考えることは、それほど突飛な物言いではないと思えるのですよ。

W：……それでは貴方様は、私奴《わたくしめ》の生涯の好敵手《ライバル》であった正木ケイシ博士の名の由来は、著者・夢野久作の胸の裡《うち》では父親同然の存在であった灌園が教鞭を執っておった家塾・ケイシ義塾にあったろうと、そのように推理される訳ですか？

I：両者は音の響きではまったく区別がつきませんし敬の字も共通していることから、僕にはそのような気がするんですけどね。

ここで話を夢野久作の法号である「萠圓」の謎解きに戻しますと……。今度は萠圓の圓と、茂丸の丸の関係に着目してみるとですね、これはちょっと頭を捻《ひね》ってみれば、一方は平面の二次元の円形という意味の「圓《まる》い」という字で、もう一方は立体的な三次元の球形を表す「丸い」という字だと誰でも閃《ひらめ》きます。

W：まあ、私もピンときましたが、万人が直ぐに気付くとは言い難い〝命名のミステリー〟ですな。

I：そうなのですか？　でも、マアこういったことから、夢野久作の二次元的な「円《まる》い萌え」の法号「萠圓」は、周りからほとんど悪魔的な記憶力を持つと恐れられていた、化け物「茂丸」の名の三次元的な球形の意味合いを一次元ほどレベル・ダウンした〝妖怪のいたずら〟にも似たオモイツキから命名されたものであったろうことが、何とはなしに理解できてくる訳です。もっとも、レベル・ダウンといっても、久作は久作で書斎の百科事典を全ページ丸暗記している程度の化け物ではあったのですが……。
W：茂丸の化け物的な次元を一次元だけレベルダウンしたのが萠圓……。つまり、茂丸が国士無双の龍（ギャラドス）であるとするならば、萠圓は黄河中流の難関「龍門」の前で何とかその上まで飛び跳ねようと藻《も》掻《が》き苦しんでいる鯉（コイキング）とでもいった風な……。そんな修行中のポケモンキャラのような意味合いが込められているので御座いますね、「萠圓」の法号には。
I：隙《すき》をみてはポケモンの例えバナシを挟み込もうとされるのは、止めて下さいませんか、教授！
　ゴホン。ともかく、夢野久作は己《おのれ》が未熟であることをよくよく知りつつも、一方で成長の暁にはジャンルは違えどそのスケールにおいては「茂丸」と肩を並べ得べしとの大望を胸に、「小・茂丸」とでもいうような「萠圓」という法号をみずから選んだのだろうと推測できるのです。
　これは、大正11（1922）年に久作が刊行した『白髪小僧』の序に「半日庵《はんじつあん》萠圓山人は。其《その》日庵《ひあん》主人の令息なり。」とあったこととも符合《ふごう》しますが、父に対する尊敬の念が胸の裡にない限り、決して有り得ない命名法だと僕は思うのですが、この推理、どう思われますか、教授は？
W：左様で御座いますなあ……。杉山茂丸は自身のことを、「其日庵」と号しておったのですか。対して息子の久作は、いまだ〝半人前〟との意を込めて「半日庵」と称しておったという訳で……。しかし私奴などから見たらば、どちらかといえば能楽の師である梅津只圓翁にあやかって名付けた法号かナニかのような気も致しますが……。

Ｉ：そうですか……。残念ですね、若林教授と意見が合わなくて。でも僕としては、久作には偉大な父・茂丸の名に含まれた「丸」という漢字に強い思い入れがあっただろうと思うのですよ。その証拠に、久作は長男が誕生した際には、圓ではなく丸の字を与えて「龍丸」と命名していましたからね。

まあ、僕が思い付いたこの推理がどこまで的を射ているかは分かりませんが、ともかくですね、若林教授。僕は１９９０年代の日本のコアなアニメファンから70年以上も先駆けて夢野久作が「萠《ほう》＝萌《も》え」を追い求めていたことを教授にお伝えしておきたいのですよ。つまり、夢野久作こそ、日本の〝萌え〟のパイオニアであった！　と。

Ｗ：そんな〝萌え宣言〟を、声を大にして精神病棟内《こんなところ》でされましても……。貴方様は私がどう反応《リアクション》したら満足されるので……。

注解

（32）筥崎《はこざき》八幡宮は旧・糟屋《かすや》郡箱崎《はこざき》村（のちに箱崎町）、現在の福岡市東区箱崎に鎮座する神社。宇佐神宮、石清水《いわしみず》八幡宮と並んで、〝日本三大八幡宮〟のひとつに数えられる。祭神は八幡神《はちまんしん》（仏教の八幡大菩薩と習合）で第15代応神《おうじん》天皇と同一視される。福岡県内には応神天皇の生誕地が複数箇所伝えられているが、糟屋郡宇美《うみ》の地で神功皇后《じんぐう》が御子（のちの応神天皇）を出産した際の胞衣《えな》（胎盤と羊膜）がこの地に流れ着き、筥《はこ》に納めて松の根本に埋めたことから、神社の名がついたとされている。夢野久作の生家である杉山家は、この筥崎宮の氏子であることを誇りとしていた。

また、杉山家の菩提寺である一行寺のルーツは、武門の神・八幡神を祀る博多の若《わか》八幡宮（愛称：厄《やく》八幡、厄除《やくよけ》八幡）にあった。若八幡宮や筥崎八幡宮の主祭神でもある応神《おうじん》天皇は、歴代天皇の中で唯一、胎児のうちから天皇と称されていた存在で、〝胎中天皇《たいちゅう》〟の異名を持つことでも知られる。「胎児よ　胎児よ　何故躍る　母親の心がわかって　おそろしいのか」の巻頭歌で始まるドグラ・マグラの作者が崇《あが》めるに相応《ふさわ》しい氏神様といえる。

平民宰相

I：……話題が少し、夢野久作のルーツの方に寄り過ぎたようですね。ですがここまでの僕の説明で、久作や杉山茂丸の人物像が教授に朧《おぼろ》げにでも浮かんでくれれば熱く語った甲斐があったというものなのですが、如何でしたか？

W：イエイエ、せっかくの貴方様の熱弁では御座いますが、私奴《わたくしめ》にはまだ霞《かすみ》を摑《つか》むようなものでして……。それでも流石《さすが》は『ドグラ・マグラ』の筆者夢野久作ですな、「萠圓」の法号ひとつに限ってもなかなか尋常ならぬ思考法を駆使しているようで……。

　ところで、先ほど貴方様はこの福岡県からは二人の宰相《さいしょう》が誕生しておったと話しておられましたが、もう一人の、福岡初の総理大臣というのはいったい、どのような人物だったのですかな？

I：ああ、廣田《ひろた》弘毅《こうき》さんのことですか。廣田さんは福岡の石工《いしく》職人組合のメンバーの家に生まれられた方です。幼少期からとても勉強がお出来になられて、夢野久作と同じ大名小学校、修猷館《しゅうゆうかん》(33)と進み、一高、東大を経て外務省に入省、山座円次郎(34)に師事して吉田茂・太田為吉とともに〝山座門下の三羽烏《さんばがらす》〟と称される敏腕外交官となられました。その後、外交畑での活躍が認められて、二・二六のクーデター騒ぎで世の中が騒然としていた時期に総理大臣のお鉢が回ってきたという御方です。
W：「石工職人組合のメンバー」といういい回しは何やらフリーメイソンの会員でもあるかのような奇妙な紹介の仕方で、陰謀論者が聞いたら騒ぎ立てそうですが、たぶん普通に福岡の庶民的な石屋の息子さんだったので御座いましょう、その廣田さんは⁉
I：アハハハハ……。そうですよ！　筥崎《はこざき》八幡宮近くの農家の出《で》で働き者の石工だった廣田徳平さんと妻・タケさんの長男として生誕された、純然たる平民階級出自の方ですよ。士族の身分を捨てて〝平民宰相〟を名乗られた誰かサンとは違って、長い歴史をもつ博多の誇りある門閥庶民です！　教授も今度、旧天神町《てんじんのちょう》、現在の天神一丁目の水鏡《すいきょう》天満宮の南側を通りかかられたら鳥居の額束《がくつか》を御覧になってみてください。そこに掲げられた楷書体の「天満宮」の神額《しんがく》は、幼名丈太郎《じょうたろう》こと廣田弘毅さんの7歳の頃の筆になるものだそうですから。あと、鳥居の下に建つ行書体の「水鏡神社」の石柱も、17歳当時の廣田さんによるものです。また、生誕地跡とされる現・天神三丁目16―19の鍛冶町《かじまち》通りの裏路地にある石碑には出光佐三《いでみつさぞう》(35)の書で「廣田弘毅先生生誕之地」と彫られています。それから、福岡市美術館の南側にある護国神社大鳥居前駐車場の横には廣田さんの堂々たる銅像も建っていますよ。
W：その廣田弘毅という御仁はチョット若過ぎるというか、大正から時代が下りすぎると人物も事件も私奴には分からないことが多すぎますな……。

I：ならば、教授にもよ～く分かるように僕が説明をして差し上げましょう！

そのためにはまず、少年ジャンプ黄金期の人気漫画『キン肉マン』の中に出てきていた「肉のカーテン」の元ネタにまつわるお話を、若林教授がご存知ない二十世紀の〝空白の歴史秘話〟として、以下にご説明しておかねばなりません……。

注解

（33）福岡城下にある修猷館は、夢野久作の祖父・杉山三郎平（灌園）が漢籍の助教として教壇に立った黒田藩の藩校。廃藩置県の後に旧制中学として再興を果たした修猷館は、初代館長（＝校長）として隈本有尚《ありたか》を迎える。福岡県下、久留米藩士の家に生まれた隈本有尚は、東京大学理学部の一期生で東大卒業後は東京大学予備門（旧制一高の前身）の数学教師となり、夏目漱石、正岡子規、南方熊《みなかたくま》楠《ぐす》、秋山真之、山座円次郎らに流暢《りゅうちょう》な英語で数学を教えた。正義感が強く厳格な人柄だった隈本有尚に好感を持った漱石は、有尚を小説『坊っちゃん』に登場する数学教師「山嵐」のモデルとしている。数学のみならず心理学・星学《せいがく》（＝天文学）・占星術に長けた隈本有尚は、留学先のドイツで修得したルドルフ・シュタイナー直伝《じきでん》の神秘学を日本に初めて紹介した人物として知られ、また、英国留学では〝近代占星術の父〟と謳《うた》われたアラン・レオやセファリアルから占星術を伝授されて、後年には日本人初の西洋占星術師として政治・経済・社会などあらゆる分野で数多くの予言を的中させた。その隈本有尚が漱石ら予備門生の教鞭を執った翌年（1885年）、大学時代に星学を学んだ恩師・團《だん》琢磨《たくま》とその義兄・金子堅太郎の推挙により、25歳で修猷館中学の初代館長に就任する。有尚が初代および第四代館長として十年余の在任期間をかけて確立した教育方針は、歴史、地理、社会、理科、数学、英語の各教科書はすべて英語の原書を使用し、教師も全員英語での授業をおこなうというものだった。結果、修猷館一期生43名のうち第一回卒業式典の栄誉に浴したのはわずか４名というスパルタぶりで、残り39名は留年、落第、退館のいずれかの道を辿《たど》っている。有尚自身は東京大学の第一回卒業式で、「人物の真価、豈《あに》一枚の紙を以《もっ》て定まるを得んや」と豪語し卒業証書を破り捨てて壇上を去ったという伝説を持つが、その有尚が修猷館では卒業証書を授与する側に立ったというのも可笑《おか》しな話ではある。このユニークな館長が礎を築いた修猷館の校風に浴して、以後、非凡な才能を有する卒業生を輩出した。以下、灌園が助教を務めた藩校時代も含め、修猷館出身者の名を挙げる。

金子堅太郎（岩倉使節団員、東京大学予備門英語教員、初代内閣総理大臣秘書官、大日本帝国憲法起草者）。團琢磨（岩倉使節団員、東京大学理学部助教授、鉱山学テクノクラート、三井財閥総帥）。寺尾亨《とおる》（法学博士、外務省参事官、東京帝国大学教授、辛亥革命に際して教授職を捨て中華民国にて孫文を補佐、対ロシア開戦論者として「七博士意見書」を提出し世論を誘導した七博士の一人、アジア主義者として孫文やラース・ビハリ・ボースを頭山満・杉山茂丸らと共に支援）。平岡浩太郎（自由民権運動家、炭坑経営者、衆議院議員、辛亥革命支援者、玄洋社初代社長）。明石元二郎（玄洋社社員、駐ロシア帝国公使館付陸軍武官、大日本帝国陸軍大将、台湾総督として総督府年間予算３割強の農水施設・八田與一《はったよいち》計画の嘉南大圳《かなんたいしゅう》を承認）。栗野慎一郎（駐フランス公使としてパリ万博公演時の川上音二郎を支援、駐ロシア公使として日露戦争開戦通告文を提出し宣戦布告）。山座円次郎（玄洋社社員、外務省政務局長、日露戦争宣戦布告文起草者、駐中華民国特命全権公使）。中村天風《てんぷう》（玄洋社社員、剣客、日露戦争の軍事探偵、大日本帝国陸軍諜報員、ヨーガ行者、中華民国最高顧問、実業家、思想家）。廣田弘毅（駐ソビエト連邦特命全権大使、外務大臣、内閣総理大臣）。

（34）山座円次郎（1866〜1914年）は明治・大正期の日本の外交官。福岡藩の足軽・山座省吾の次男として生まれる。中学修猷館を卒業後に、共立学校、東京大学予備門英法科を経て、東京帝国大学法科大学法律学科を首席で卒業する。東京大学予備門の同期には夏目漱石・正岡子規・南方熊楠・秋山真之らがいた。そのあまりの有能さから「山座の前に山座なく、山座の後に山座なし」と謳われた。日英同盟締結、日露交渉、日露戦争開戦外交に関わり、日露戦争宣戦布告文を起草した人物としても知られる。山座円次郎は1914年に北京にて客死するが、これは孫文の政敵だった袁世凱による暗殺との説がある。

山座とは修猷館時代からの盟友に中村天風がおり、山座の死出の旅を見届けていた。山座は、インドの山奥でヨーガの修行を終えて神秘の呼吸法を修得したばかりの中村天風と合流し、辛亥革命後の孫文を支援するために建国間もない中華民国へ渡った。中村天風は〝玄洋社の豹《ひょう》〟の二つ名をもつ剣客であり、〝雷切《らいきり》〟の継承者でもあった立花宗茂《むねしげ》を流祖とする「隋変流抜刀術」の達人にして秘剣〝天風《あまつかぜ》〟の使い手として名を馳せた軍事探偵（〝雷切〟については、第2章148頁を参照）。なお中村天風の信奉者には、東郷平八郎、原敬、双葉山、松下幸之助、稲盛和夫、ロックフェラーⅢ世がおり、近年では松岡修造、大谷翔平が有名。

（35）出光佐三は石油元売会社、出光興産の創業者。日章丸事件で英国海軍を翻弄し〝海賊とよばれた男〟としても知られる。福岡県宗像郡赤間村出身。

肉のカーテン

Ｗ：……肉のカーテン？　ああ、ありましたな。『キン肉マン』の中で、「肉のカーテン」という名の防御技が……。私《わたくし》は、何故に薄っぺらい布切れの窓掛《カーテン》なんぞが、主人公・キン肉マンことキン肉スグルの鉄壁の防御力を誇る大技の名称に用いられておったのかが今一つピンと来なかったのですが、アノゆでたまご先生発案の「肉のカーテン」の呼称の元ネタの謎解きも貴方《あなた》様はすでに済ませておられるのですか？

Ｉ：もちろんですとも！　それでは、教授のご存知ない昭和以降の現代において僕らの祖国がどのような道を歩んできたのかを、掻《か》い摘《つま》んでお話ししてみますね！　少々長くなりますが、どうぞお聞きください。

Ｗ：《《パチパチパチパチパチパチ……》》

Ｉ：さて、廣田弘毅さんは昭和改元後まもなくの金融恐慌（１９２７年）や、その2年後に始まった世界大恐慌によって混迷を極めた１９３０年代の半ばに、昭和でいうと11年3月に総理大臣に就任されました。そして半年後、11月には1917年の十月革命以来の仮想敵国であったソビエト連邦を封じ込めるべく、後の英国宰相チャーチルより10年も早く、廣田版・第一次〝鉄のカーテン〟戦略の下、日本とドイツの二国間で日独防共協定を締結された大政治家だったのです。ところが、昭和12年、1937年2月の総理辞任後に、なんと協定相手のドイツの独裁者がユダヤ人を苛《いじ》めるわ、オーストリアやチェコスロバキアを占領するわ、挙句の果てにはソ連の独裁者と示し合わせて東西からポーランドに侵攻するわで、「ソ連封じ込め」の大戦略がご破算となってしまったという結末を突き付けられたのです。

W：あー、ナルホド。サテは当時、世界の覇者であった大英帝国がドイツの版図《はんと》を東へと拡張させるべく誘導し、ゆくゆくは露西亜《ロシア》……モトイ、ソ連と激突させて独ソを共倒れさせせようとの腹で、ドイツのその成り上りの独裁者の領土的野心には目を瞑《つぶ》っておったということだったのですな？

I：ハイ、ご名答！

W：ところが、英国のそんな策謀に勘付いた独ソがテーブルの下で既に手を握っておったことに、ポーランド侵攻を目の当たりにして気付いた英国が慌ててドイツに宣戦布告した……というような歴史の流れだったのでしょう？

I：ええ。マッタクその通りです。

W：英国にとっては手痛い失敗に終わったその〝独ソ共倒れ戦略〟なるものと似たような外交手法は、その半世紀前の清国と日本に対して列強諸国が使っておった節《ふし》がありましたから、私にもすぐにピンときましたぞ。あの山東《さんとう》半島先端の威海衛《いかいえい》を母港としていた清国の「北洋艦隊」がわざわざ我が国に挑発をしかけてきた長崎事件（1886年8月）の背後には裏で糸引く西欧列強の影があったと、私奴《わたくしめ》にはハッキリと推理できておりましたからな。

明治27年、西暦でいうところの1894年には朝鮮をめぐる小競り合いから日清両国が激突したものの、終わってみれば露・仏・独がチャッカリと「三国干渉」の横車を押してきましたからなあ。

ロシアは、下関講和条約で台湾と一緒に日本へ割譲すると決められていた遼東半島を清国に還付するよう口利きしただけで、一滴の血も流さずに遼東半島の不凍港・旅順《りょじゅん》を手中に収めて新たに「旅順艦隊」を設立しております。フランスは雲南《うんなん》・広東《カントン》の鉱山採掘権と安南《あんなん》鉄道の権益を、さらには広州《こうしゅう》湾の租借権をも確保し、ドイツは山東半島の膠州《こうしゅう》湾を臨む青島《チンタオ》の租借権を得て軍港と「ドイツ東洋艦隊」を創設しました。英国もまた、清国の「北洋艦隊」が沈んだ威海衛を手中に収めて「英国東洋艦隊」指揮下の「支那《シナ》戦隊」を配備するのみならず、威海衛に加えて香港《ホンコン》の九竜《きゅうりゅう》半島の租借までも清国に認めさせておりましたから、結局のところ、清国も日本も朝鮮も、列強にいいように操られておったということで……。

英国をはじめとする西欧列強にはこのような前歴が山ほどありましたから、『ドグラ・マグラ』の筆が擱《お》かれた昭和10年以降の世界史であろうと、その英国宰相なるものが腹中に秘めたる〝独ソ共倒れ戦略〟の罠《わな》程度であれば、私ごとき者にも見通すことができるので御座います。

……実際のところ、日清戦争では、あの定遠《ていえん》を旗艦とする清国の「北洋艦隊」を向こうに回して我が国が辛《から》くも勝利を収めたから良かったようなものの、もし敗れでもしておったならば、敗戦国として西は沖縄・対馬から、南は伊豆諸島と小笠原、そして北は千島列島はおろか北海道あたりまでを強引に割譲させられて、さらには横浜、神戸、長崎、函館といった良港の数々までを欧米列強の租借地として掠《かす》め取られておったろうことは十中八九、間違いなかったでしょうからな！

I：十分、あり得ただろう話ですね。実際、このあいだの世界大戦に敗れてからは、租界がわりに三沢（青森）、横田（東京）、横須賀（神奈川）、岩国（山口）、佐世保（長崎）、沖縄などの領土・領空をアメリカ軍にゴッソリと召し上げられてしまいましたから……。

W：まったくのところ、戦後処理の不利な状勢を是正するのには、いつの時代も骨が折れるもので御座います。１８９５年の屈辱の「三国干渉」から、我が国が日露戦争でロシアの旅順艦隊と、バルチック艦隊を叩くのに10年。さらに欧州大戦に乗じて、ドイツ軍の青島《チンタオ》要塞を攻略するべく進軍し、ドイツ東洋艦隊を自沈へと追い込んで日本近海の東アジアの制海権を確立するまでに、実に足掛け20年の歳月を要しましたからなあ……。

I：流石《さすが》は、若林教授！　95年ぶりに眼醒められてからというもの、リハビリ中はマンガ・アニメ三昧《ざんまい》でたいした史料も見ずに、見事な推理眼です！　教授の博識とその慧眼《けいがん》ぶりには、僕も脱帽ものですよ。

W：畏《おそ》れ入ります。

I：まあ、そんな感じで、廣田元総理が予見しておられた通りに、蒙古《モンゴル》草原のノモンハンのあたりで1939年5月に日ソは激突していたのです。ところが日本の思わぬ奮戦ぶりに手を焼いたソ連の独裁者スターリンは、自軍が東部の戦線でマゴマゴしているうちに背後からドイツの独裁者ヒトラーが隙《すき》を衝《つ》いてモスクワに攻め掛かって来るのではあるまいかと心底警戒して、3ヶ月後の8月23日にはサッサと独ソ不可侵条約を結んでいます。ノモンハンで日ソ両軍の銃弾がまだ飛び交っている最中に、欧州の方では9月1日にドイツ軍がポーランドに侵攻を開始。それを機に、このあいだの世界大戦は火蓋《ひぶた》を切ったのであろう……というのが僕の読みなのです。

W：確かに、帝政ロシアの昔から、広大な国土を有していた彼《か》の国では、東欧、西アジア、中央アジア、東アジアと振り子のようにスウィングして戦端を開きつつも、二正面作戦を選択したことはありませんでしたからなあ……。そこらあたりのソ連の引き際の見極めの冴《さ》えは流石《さすが》ではあります。

おおかた、ノモンハンでの停戦が成れば、その2〜3日後にはソ連もポーランドに速攻で侵攻をかけておったのではありませんかな？　コレばかりは目を瞑《つぶ》っていても予測がつきますな……。

I：ええ、ヤッテましたね〜。ノモンハン停戦（1939年9月16日）の翌日に！　ソ連・ポーランド不可侵条約を一方的に破棄して!!

そんな経過をたどったのですが、第二次欧州大戦勃発（1939年9月1日〜）の導火線に日本がノモンハンで火をつけていたことにトントお気づきでなかった当時の日本の首相は、独ソ不可侵条約締結（1939年8月23日）の衝撃から「欧州の天地は複雑怪奇なる新情勢を生じ……」などと見当外れの愚痴《ぐち》をこぼして総辞職（8月30日）。欧州では独ソがポーランドを東西から攻めて一ヶ月で占領します。

そして翌1940年の夏にはドイツがベネルクスとフランスを平らげて、その勢いでドーバー海峡を越えようとイギリス本土航空決戦《バトル・オブ・ブリテン》（7月～9月）を仕掛けます。

このタイミングで近衛《このえ》文麿《ふみまろ》さんっていうお公家さんの総理が、心変わりしたドイツの独裁者ヒトラーと手を組んで、廣田さんの狙いとは正反対の〝英米を仮想敵国〟とする日独伊三国同盟[36]（1940年9月27日）を結んだり、さらには廣田さんのソ連封じ込め戦略をアッサリ打ち切って日ソ中立条約（1941年4月13日）を締結してしまったのですから、モウ目も当てられません！

そして、この2ヶ月後には前年にイギリス本土上陸作戦が失敗に終わったドイツが、ソ連に侵攻して独ソ戦（1941年6月22日～）が勃発したのです。

W：それでは、日ソ中立条約がなかったら、ソ連は日本とドイツによって東西から挟み撃ちにあっていた可能性もあったということですか……。

I：兵站《へいたん》や戦費の面から日本がモスクワまで侵攻することは到底不可能ですが、満洲とはアムール川を挟んで接していたソ連領のユダヤ自治州の解放ぐらいなら、その気になれば出来ていたかも知れませんね。当時、スターリンの命令でウクライナから極東へ強制移住させられていた数万のユダヤ人がビロビジャンの街で迫害を受けていましたから……。アムール川（黒龍江）流域の地形や民族、政情に精通していた黒龍会[37]は詳細な情報を摑《つか》んでいたでしょうからねえ。

W：左様ですか……。それにしても、ソ連側からすれば絶妙なタイミングでの日ソ中立条約の締結だった訳ですな！　事前に何か、ドイツ側のキナ臭い動きがあったのですか？
I：独ソ戦開戦の3ヶ月前頃からドイツがバルカン半島の国々に侵攻を始めていましたから、勘付いた可能性はあります。
W：なるほど……。ドイツは英国と交戦中にもかかわらず、日本を裏切った2年後に今度はソ連を裏切っておったのですか……。なんとも場当たり的と申しますか、ロジカルな戦略眼では手の内が読める相手ではありませんな、このドイツの独裁者は……。
I：こんな調子で信用もナニもあったものではない危険極まりないヒトラーと軍事同盟を結んでいた日本もまた、大陸や東南アジアに派兵をしていましたから、300年前からアジア各地に〝東インド会社〟をそれぞれ作って、植民地として武力支配をおこなっていたイギリス、フランス、オランダの三国と、40年前にハワイとフィリピンを武力で乗っ取ったアメリカから、すっかりドイツのお仲間あつかいされて〝悪の枢軸国《すうじくこく》〟の烙印《らくいん》を押されてしまいます。その結果、厳しい経済封鎖を喰らう破目になり、アメリカからは石油輸出全面禁止（1941年8月9日）を通告されてしまったのです。すると「ナンで石油を止めるんだヨウ！」となった日本軍の一部トップが音頭を取って、米国領ハワイの真珠湾に奇襲攻撃（1941年12月8日）を仕掛けたことから、アメリカが対日、そして対独・伊に宣戦布告します。こうして戦線が世界規模でリンクして、全地球的規模の大戦《おおいくさ》となったって訳です。
W：そのような経過をたどって米国が太平洋戦線と欧州戦線に参戦し、第二次世界大戦のプレーヤーの大国がすべての戦場に出そろったということで……。

それでは、日本はアメリカを相手に戦争をして、どのくらい持ちこたえたので？

Ｉ：日本が太平洋で攻勢に出ていたのは最初の半年間だけです。ミッドウェー海戦（１９４２年６月）で惨敗した後は守勢に転じて、ジリ貧の戦いでした。

これはドイツも同じで、独ソ戦の開戦当初は東部戦線のドイツ中央軍が派手な電撃戦で進軍していましたが、半年後に「モスクワの戦い」で冬将軍に敗れると、南方軍の方もボルガ川西岸のスターリングラードで勢いが止まり、１９４３年2月に極寒《ごっかん》の中で大敗。その後のドイツは敗走・撤退の連続で、米英の連合軍が西部戦線でノルマンディー上陸作戦（１９４４年６月６日）を成功させると、ソ連も2週間後に呼応して東部戦線で反転攻勢に出て、翌１９４５年４月に首都ベルリンを占領します。

こうして冬将軍とアメリカに敗れた独裁者ヒトラーが愛人と共に総統地下壕で自殺すると、今度は背後の脅威が無くなったソ連がドイツ降伏日（１９４５年5月8日）からピッタリ３ヵ月目に、ヤルタでの密約に従って日ソ中立条約をアッサリ破棄して満洲と南樺太と千島列島に侵攻を開始。一方のアメリカは沖縄での地上戦（4月～）を経て、ソ連への示威行動《デモンストレーション》と自国内の議会対策とでタイプの違う新型爆弾二発をトドメとして投下。[38] こうして日本は、対外戦争としては唐と新羅《しらぎ》の〝連合国軍〟と会戦した西暦６６３年の「白村江《はくすきのえ》の戦い」以来、約千三百年ぶりの完敗を喫したのです。

そして、たった3年8ヶ月もあれば日本を……否、チョット違いましたね。米軍による日本本土の初空襲は昭和17年、１９４２年4月18日のドーリットル空襲のはずだったから……、たった3年4ヶ月もあれば日本をあそこまで徹底的に荒廃させることも不可能ではない！　という歴史の教訓を日本人全員に教えてくれた近衛さんがＧＨＱから通告を受けていた〝戦犯〟としての出頭期限の日に一人であの世へ旅立ってしまわれたので、三回も宰相の座に就いた近衛さんの、いわば〝代役〟として、また戦勝国側からは生かしておけば次も何をやらかすか分からぬ超弩級《ちょうどきゅう》の「奴ましか《ペルソナ・》らぬ人物《ノン・グラータ》」と目《もく》されていた廣田弘毅さんが昭和23年12月23日、つまり当時の皇太子殿下の御生誕日に重ねて巣鴨プリズンで他の6人の軍人ともども絞首刑を執行されたのです。

廣田さんはアメリカの大統領選挙の流れによっては天皇陛下の処刑を望む米国世論が過熱しかねない事態となるのを危惧《きぐ》して迅速に東京裁判を閉廷させるべく、一日も早い判決の言い渡しを望んでおられたからこそ、一言の弁明もなさらなかったのでしょうが……。死地こそ違えど奥方ともども、巣鴨《すがも》プリズンの忠臣ですよ、廣田さんは！

Ｗ：……巣鴨プリズン？　あの上野恩賜《おんし》公園の癲狂院《てんきょういん》が移転してきた巣鴨病院が建っておった街の辺りですかな？　東京府癲狂院には幕末や御一新の混乱期に発狂した士族や平民などが多く収容されていたと聞いておりましたが、その流れを汲む巣鴨病院には大勢の精神病患者が入院しておったと私《わたくし》は記憶しております。他にも帝都屈指の精神病院だった保養院や私立巣鴨脳病院などが隣接していた〝脳病院の街〟巣鴨で、そのような理不尽な処刑が……。

I：そうなのですよ。巣鴨プリズンでは、いわゆるA級戦犯とされた7名の他にも、BC級戦犯とされた53名が絞首刑に処せられたのです。

その後、巣鴨プリズンの跡地には、近隣の町名であった日出町にこじつけたか、はたまた新生日本の夜明けとなるようにとの願いを込めてか、「サンシャイン60」という名の当時アジアで最も高かった超高層ビルディングが建設されたのです。

W：サンシャイン60ですと？　ソレは『キン肉マン』の読者応募企画「超人募集」で採用された〝悪魔超人・サンシャイン〟(39)のモチーフとなったビルではありませんか!!　『キン肉マン』の超人サンシャインがリングのコーナーポストの上に屹立《きつりつ》して、日本の現代史のいくつもの暗部を見下ろしておったとは……マッタク驚きましたな。マ、マサカ……ゆで先生は、隠れたる廣田信奉者だったのでは……。

注解

（36）日独伊三国同盟（1940年9月）は、〝英米〟を仮想敵国とする軍事同盟である。一方、廣田弘毅が首相在任中に締結した日独防共協定（1936年11月）は、共産主義（コミンテルン）勢力に対抗する共同防衛を目的とした条約であり、その仮想敵国はソビエト連邦だった。廣田は英米と日本の衝突を望んでおらず、その点において日独防共協定や、さらにイタリアを加えて発展した日独伊防共協定（１９３７年11月）は、その後、近衛文麿が結んだ日独伊三国同盟とは正反対の意味合いをもつ条約であった。

広辞苑で「日独伊三国同盟」を引くと、なぜかアッサリと「日独伊防共協定を発展させたもの」と書かれている。しかし、この語釈（説明）では「英米と和して、ソ連と対峙する」廣田弘毅と、「ソ連と和して、英米と対峙する」近衛文麿という両者の志向の違いが見えてこない。日本の同盟国であったはずのドイツが独ソ不可侵条約（１９３９年８月）を結んだ時点で、廣田が企図した〝ソ連封じ込め政策〟は破綻・破棄されており、このヒトラーの裏切りに接した時点で日本は本来ならばドイツとも距離をおくべきであった。しかし近衛は真逆の外交政策を選択し、その後の日本を破滅の道へと導いている。

１９３０年代末の欧州における覇権争いの構図は、端的にいえば「英vs.独vs.ソ」の〝三つ巴《どもえ》の戦い〟であり、第二次世界大戦は１９３９年９月の開戦時に「英vs.（独・ソ）」という構図で火蓋が切られ、１９４１年６月にドイツがソ連に侵攻した独ソ戦の勃発によって「（英・ソ）vs.独」という構図に変化している。日本は近衛が結んだ日独伊三国の軍事同盟と日ソ中立条約によって「米≠（英・ソ）vs.独≠日」&「（日・ソ）中立」という構図に組み込まれる結果となり、１９４１年８月には石油輸出全面停止を喰らう事態となる。そして１９４１年12月８日、日本は対日戦争まで望んでいない自国民（アメリカ国民）を翻意させて〝ジャップ憎し〟の正義の戦争と化すための真珠湾奇襲攻撃に誘導されてアメリカと激突する。それは「（米・英・ソ）vs.（独・日）」という、廣田弘毅や泉下の杉山茂丸がもっとも恐れていた戦争の構図の出現だった。

第二次世界大戦は、終戦時の段階で「独・日・英」の没落を招き、戦後の欧州はそれまでの「英vs.独vs.ソ」の〝三つ巴の戦い〟の構図が解消されて、新たに実質的勝者となった米・ソの二つの超大国同士が北大西洋条約機構（ＮＡＴＯ）軍とワルシャワ条約機構軍を配備して対峙する冷戦時代へと突入した。

（37）黒龍会は１９０１（明治34）年に内田良平（明治7〜昭和12年）を主幹に結成された政治・社会運動団体。

明治維新の草莽である筑前勤王党の家に生まれた内田良平は長じて玄洋社に入り、当時焦眉の急であった外政、とくに大陸問題に取り組んだ。黒龍会結成後も、一民間人でありながら、朝鮮関係、支《シ》那《ナ》革命をはじめ近代日本外交における主要問題のほぼすべてに関与した。

夢野久作は内田の晩年に日韓合邦運動の聞き書きを取るために病床を訪ねている。その記録は福岡日日新聞に11回に亘って連載された（のちに「日韓合邦思ひ出話」として『夢野久作著作集３　近世快人伝』１９９５年葦書房刊、に収録）。

内田良平の生涯については『国士内田良平　その思想と行動』（内田良平研究会編著、平成15年展《てん》転《でん》社刊）が入門書として適している。

（38）原爆投下についての戦時中の報道は以下の通り。

大本営発表（昭和二十年八月七日十五時三十分）

一、昨八月六日広島市は敵Ｂ29少数機の攻撃により相当の被害を生じたり

二、敵は右攻撃に新型爆弾を使用せるものの如きも詳細目下調査中なり

西部軍管区司令部発表（昭和二十年八月九日十四時四十五分）

一、八月九日午前十一時ごろ敵大型機二機は長崎市に侵入し新型爆弾らしきものを使用せり

二、詳細目下調査中なるも被害は比較的軽少なる見込み

この時、ウラン型原子爆弾とプルトニウム型原爆が世界で初めて一発ずつ実戦使用された。死者は広島・14万人、長崎・７万人（ともに昭和20年末まで）。

ウラン型爆弾はアメリカ国内の砂漠で投下実験済みだったが、高価なウラン型の十分の一程度のウラン量で製造できるプルトニウム型爆弾は一発が地上で爆発実験を終えたものの、投下実験の前に対日戦は終局を迎えつつあった。戦争終結後の、ウラン型爆弾の開発途上にあったソ連に対する示威と、アメリカ国内の議会対策（対日戦への無駄な出費批判の回避）の必要から、不発の場合の目眩しのために、中身がカラで外見がプルトニウム型によく似た〝かぼちゃ型爆弾〟が日本国内の都市に数十発（50ともカウントされている）、普通の（？）空襲を装ってばら撒かれている。以上は、熱物理学（エントロピー論）の槌田敦氏の研究などから。

終戦間際の二発の核兵器使用には、このようなアメリカ側の事情があったことを知っておく必要があるだろう。

核兵器とは別系統の新型爆弾である焼夷弾《しょうい》は、〝世界初のナパーム弾×世界初のクラスター爆弾〟という悪魔のハイブリッド爆弾。昭和20年3月10日未明の東京大空襲だけで民間人10万人の命を奪い、負傷者は15万人以上を数えた。なお、焼夷弾の「夷」という漢字は「えみし、えびす」という意味ではなく、「皆殺し」の意。〈三省堂　新明解より〉

これら核兵器と焼夷弾による日本都市攻撃の総指揮を執ったのがアメリカ空軍のカーチス・ルメイ。1964年、彼は日本の航空自衛隊の育成に貢献したという理由で日本政府（佐藤内閣）から「勲一等旭日大綬章」を授与された。推薦人は、当時の防衛庁長官・小泉純也（元首相・小泉純一郎の父）と外務大臣・椎名悦三郎。「勲一等」は天皇親授が慣例だったが、さすがに昭和天皇は親授せず、航空幕僚長から授与されている。

（39）サンシャインは、『キン肉マン』作中に登場する悪魔六騎士中の首領格。リング上の勝敗とは別の次元に己の矜持《きょうじ》をおく人情味豊かな悪魔超人。悪魔将軍の御前試合では、わざと反則負けをして勝ちを相手に譲ったとの噂もある。また、対マッスルブラザーズ戦では〝魔界のプリンス〟ことアシユラマンの命を救ったことが仇《あだ》となり、勝ち試合を落としている。その結果、完璧《パーフェクト》超人から死の制裁を受けて絶命、超人墓場へと送られた。サンシャインの「あ…悪魔にだって友情はあるんだーっ」という叫びは一部の『キン肉マン』ファンの間では作中屈指の名セリフと称《たた》えられている。

ベルリンの赤い雨

I：……まあ、そんなぐあいで、かつて廣田さんが構想しておられた〝ソ連封じ込め戦略〟はご破算となった訳ですが、人類史上最凶《さいきょう》となった大戦争の後の世界で、大英帝国に代わって世界の覇者となったアメリカが新たに英仏とチームを組み直して、戦前の支配領域と本国領土をゴッソリと削り取られた日本とドイツとを最前線としながら、共産勢力を押さえ込んだうえで世界支配体制の再構築を進めていったという訳です。対してソ連は、新たな支配領域となった東ヨーロッパの衛星国に極めて閉鎖性の高い統制社会を築きあげてこれに対抗します。

　こうした米ソ両陣営の冷たい睨《にら》み合いの象徴の地となったのが、敗戦後に分裂国家となった旧ドイツ第三帝国の首都ベルリンだったのです。ベルリンは、ソ連が支配する東ベルリンと米英仏が共同管理する西ベルリンに分割されましたから、〝米ソ両陣営〟という言葉は〝東西両陣営〟という言葉と同義となり、以後、ソ連側の陣営を「東側」、米英仏側の陣営を「西側」と呼ぶようになります。1946年に英国宰相チャーチルが「東側」の統制社会の閉鎖性を皮肉って、「バルト海からアドリア海にいたるまで、「鉄のカーテンが大陸を横切って降ろされている」と比喩的に演説したことが〝鉄のカーテン〟という言葉の起こりです。

この鉄のカーテンが目に見える形で出現したのが西ドイツの飛び地・西ベルリンをぐるりと囲むコンクリート製の高い壁、通称「ベルリンの壁」でした。この壁を乗り越えて西側へ亡命を試みようとする越境者には東側のスナイパーのライフル銃が火を噴いて、〝ベルリンの赤い雨〟を降らせるといった光景が日常となったのです。

W：怖《おそ》ろしい……。マンガ・アニメの『キン肉マン』に登場するブロッケンJr.《ジュニア》の技の元ネタはコレでしたか。

貴方様はいま、「コンクリート製の高い壁」とご自分で仰《おっしゃ》って、一瞬、ビクリとされたようにお見受けしましたが、イロイロな意味で怖ろしい、本当に怖ろしい!!

I：…………。ゴホン。一方、アジアでは中国・朝鮮・ベトナムが分裂国家状態となって、東西両陣営の盟主、ソ連とアメリカがそれぞれの陣営に武器を供与して激しく戦火が燃え広がります。傀儡《くぐつし》師スターリンが1953年3月に死んで、その4ヶ月後にやっと停戦できた朝鮮戦争の教訓から、極東において一定の軍事力を保持する同盟国の必要性を痛感したアメリカが永田町の喉元に米軍基地《アイク》（厚木と横田）を宛《あ》てがって、1952年に日本の再軍備化を認めて独立を承認。その後、世界大戦中に日本が占領していたアジア諸国が旧宗主国からの植民地独立戦争に続々と勝利を収めて、植民地解放～独立の気運がアジアからアフリカへ、やがて南アメリカへと地球を西回りに飛び火してゆき、日本の敗戦から約20年で旧植民地における独立革命の波がグルリとこの惑星を一周したのです。

　このような中、敗戦後10年で人口1200万人超のニューヨークを抜き1955年頃までには世界一の巨大都市《メガシティ》へと復興を遂げていた東京で、1964年に旧植民地から独立した有色人種の新興国と旧宗主国の白色人種国家からオリンピアンたちが一堂に会して平和の祭典・オリンピック競技大会が開催されるという歴史の一コマがあるにはあったのですが、翌65年からは、分裂国家ベトナムの南北戦争にアメリカ軍が本格介入して北爆を開始。さらに中東や中央アジアでも米ソから武器供与された国家間で代理戦争が続くなか、アジア方面の戦場の米軍後方基地としての機能を果たしながら、アメリカの傘の陰で国内経済の復興に国力を傾注することができた日本では、朝鮮戦争の停戦以降もアジア各地の熱戦《ホットウォー》が継続する流れから、イザナギの国生み以来といわれた国内景気が持続し、給与所得が倍増した中間層が形成されていきます。

　このようにドイツと違ってアジアではまるっきり冷たくも何ともなかった欧米視点でいうところの〝冷戦の時代《コールドウォー》〟を経て、東側の盟主・ソビエト連邦が瓦解《がかい》するまでの約半世紀を、歴史のページを記述する神の羽根ペンはそのペン先を人類の血で溢《あふ》れる大容量のドラム缶の中に浸し続けてきたという訳なのですよ、教授。

W：私《わたくし》が知らなかった20世紀後半の世界で、そのような戦慄《せんりつ》すべき大国間の死闘が繰り広げられておったとは……。

I：その後、1989年になって僕らの時代でいうところの摂政宮《せっしょうのみや》殿下が崩御《ほうぎょ》されて皇居の正門から御出棺なされると、テヘランのホメイニ師廟《びょう》の門や、北京の天安門など冷戦時代のプレーヤーの国々の門前が俄《にわ》かに騒がしくなり始めて、それまでになかった時代の変化の兆《きざ》しが平成元年に顕著となってきたのです。
W：1989年は世界史的にも新たな転回点の年になったという訳なのですな……。それでは以後、私の中では1989年のことを〃門の年〃と呼んで、特別な年として記憶しておくことと致します。私の経験では、日本で改元が起こる度《たび》に何故かその二、三年うちに歴史の門が押し開かれるかのように世界秩序の枠組みがガラリと変化しておったように思われますからなあ。
　明治改元後には普仏《ふふつ》戦争で皇帝ナポレオンⅢ世がプロイセンの捕虜となってドイツ帝国が誕生しましたし、大正の改元後には欧州大戦（第一次世界大戦）が勃発。昭和の改元時には先ほどの貴方様のお話によりますと、やはり世界恐慌が発生しておるようですから、平成の始まり頃にも大方《おおかた》、なにか途轍《とてつ》もない出来事が起こっておったので御座いましょう？
I：なかなか鋭い指摘ですね、教授！　その伝《でん》でいうと、今回の令和改元では新型コロナウイルスによるパンデミック騒動という訳ですか。
W：恐縮です。
I：平成改元の1989年。ただ今の若林教授のご命名〃門の年〃の11月9日。今度は〃赤い雨〃を降らせることなく、東西ドイツ国境のブランデンブルク門にほど近いボルンホルム検問所の国境ゲートが、東側のパスポート審査官H《ハラルド》・イェーガーの独自判断によって開かれてベルリンの壁が崩壊。翌90年にはドイツ統一が成されます。そして、この壁崩壊から2年後の1991年12月25日、とうとうソビエト連邦が崩壊したのです。

こうして「鉄のカーテン」が完全に取り払われた東欧では、バルト海の沿岸諸国からアドリア海方面に向かって民主化革命の波が丸10年をかけて進行していきます。東欧の中でも北方の国々では無血革命に成功しますが、南の国々へと革命が波及するにつれて徐々に流血の度合《どあい》を増してゆき、アドリア海の畔《ほとり》の旧ユーゴスラビア連邦の構成国では、とうとう民族浄化と都市空爆によってバルカンの大地が赤く染まるといった経緯を辿っていったのです。

W：バルト海からアドリア海へと革命の波が……。ああ、その歴史の展開！　1848年に起きたフランス二月革命の時と同じパターンですな!!　あの時は、ドミノ倒し式に革命が東方へと波及、ベルリンやオーストリアの三月革命を誘発しながら勢いづいた民族独立運動が全ヨーロッパへと飛び火し、ウィーン体制があっさりと崩壊しておったのでしたなあ～。

I：そう、「革命は周辺諸国へ伝播《でんぱ》する！」という、世界史ではお馴染みのアレが、ウオツカくさい息を吐いていたロシア大統領の在任期間に重なる1999年12月までに東欧で起きました。

結果としてバルカン半島では大量の流血を見ましたが、世界的には「鉄のカーテン」が開かれた20世紀末は、一九九X年　世界は　核の炎に　包まれた!!
海は　枯れ　地は裂け…………
あらゆる　生命体が　絶滅したかに　みえた…………………
だが…
人類は　死滅して　いなかった!!
〈中略〉
世は再び　暴力が支配する　時代になっていた

……と武論尊《ぶろんそん》先生&原哲夫先生が『北斗の拳』で描き出されていた、腐敗と自由と暴力のまっただなかで「ヒャッハー!」と叫び声をあげる世紀末でもなく、また、『ノストラダムスの大予言』で終末観を散々煽《あお》った責任を取って、キン肉マンの額の「肉」の位置にみずから「大王」と書き殴った五島勉先生が「1999年7の月に……」パラシュート無しでスカイダイビングするといった恐怖のイベントも起こらず、我々の愛すべき二十世紀はその幕を閉じていったのです。

W:ナルホド………。そのような国際情勢が下敷きになっておったのですか、ゆで先生の〝鉄のカーテン〟ならぬ「肉のカーテン」には!

私は「肉のカーテン」という、何だか〝ぶにょぶにょ〟とした語感の響きから受けた印象としましては、『鬼滅の刃』のコミック最終巻において鬼殺隊にギリギリまで追い詰められた鬼舞辻無惨《きぶつじむざん》が、太陽の光から身を守るために自分の体の肉を膨張させて、巨大な赤子のような姿と化した場面の方が、よほど「肉のカーテン」と呼ぶに相応《ふさわ》しいものであったような気が致しておったのですが……。

Ｉ：そのような受け止め方もあるのですね……。僕なんかは、あのシーンはどちらかというと作画的には大友克洋《おおともかつひろ》先生の『ＡＫＩＲＡ《アキラ》』の登場人物、島鉄雄が最後の最後に赤子のような姿の肉塊《にくかい》の怪物へと変貌し、金田正太郎に助けを求めるシーンを連想しましたけれど……。ですがワニ先生の深意としては実は――藤田和日郎《ふじたかずひろ》先生の『うしおととら』でラスボスの白面《はくめん》の者《もの》が討伐される間際《まぎわ》に赤ん坊になった件《くだり》も同じと思いますが――鬼舞辻無惨の赤子化はドグラ・マグラの「胎児の夢」をオマージュしての設定だったのだろうなと、勝手に解釈していたのですが……。

Ｗ：そういえば、九尾《きゅうび》の狐の化身だった白面の者も、死に際には人間の赤ん坊の姿になって滅しておりましたな。では、白面の者が結界の中で８００年間も〝胎児のようなポーズ〟でうずくまっていたり、白面の者の鳴き声が妖狐《ようこ》らしからぬ「おぎゃあああ」だったことなども、藤田和日郎先生がドグラ・マグラの「胎児の夢」からインスピレーションを得ておられた証《あかし》だと仰《おっしゃ》りたいので？

Ｉ：ええ。そして『鬼滅の刃』では、コミック最終巻・第１９９話「千年の夜明け」の中で、無惨が赤子《あかご》の姿となって一番最初に受けた攻撃が、〝落下してくる本棚〟だったというのもナニやら意味深で……。赤子の無惨が大量の書籍まみれになりながら「ギャァァ」と泣いていたこのシーンには、ある書籍に関連する作者の想い[40]が込められていたような気がするのですよね。

W：確かに、そういわれてみれば、そのようにも取れますな。
　おかげ様で『キン肉マン』の「肉のカーテン」の元ネタとその時代背景としての世界史の流れについては大まかに理解できましたが、貴方様のお話を伺っておりますと、福岡出身の総理は晩年は本当にお気の毒だったと申しますか、まったくご無念な形で生涯を閉じられたのですなあ。
I：そうですよ、本当にご無念でしたろうと……。廣田総理は、昭和11年、1936年3月9日の総理就任時には、二・二六のクーデター直後の時期ということもあって、〝軍部に逆らうと殺される！〟と近衛さんが嫌がって蹴った総理の椅子のお鉢が廻ってきて、まったく意図せずに宰相の椅子に腰掛けられたものでしたから、世間からは「廣田は火中の栗をヒロッタ（拾った）」だの、「ヒロッタ内閣」だのと揶揄《やゆ》されていたのです。
　その年、東京では、二・二六事件の三日前に36センチの積雪を記録して、事件当日の夕刻にも帝都の空には雪が舞っていたというほどの記録的な豪雪だったのですが、3月11日、東京に滞在中の夢野久作が客死したとの噂を耳にして、廣田総理は超多忙な組閣時期にもかかわらず、まだ融《と》けきらない残雪を踏みしめて静子夫人ともども南平台《なんぺいだい》で営まれた久作の告別式に駆けつけて、故人のためにご夫妻で手を合わせてくださったくらい温かくて義理堅い人だったんですがね……。やっぱり、良い人から先に逝《い》ってしまわれるものなんですかねー。
W：……ど、どうして就任早々の総理大臣が、同郷とはいえ高々一探偵小説作家にすぎない夢野久作の死を悼んで弔問《ちょうもん》に来られたのですか？

I：何故って、ホラ！　廣田さんは夢野久作の実父である杉山茂丸のお弟子さんで、常々政治の指南役として茂丸を師と仰いでおられたからですよ！

W：ナッ……ナンですとッ!!

I：廣田さんは昭和12年2月の総理退任後は戦争回避に奔走《ほんそう》しておられましたから、東京裁判中にはある意味では命懸けでもあった減刑を嘆願する署名が数十万筆も寄せられたというくらいに、国民各層からの信望の厚かった人だったのです。

そんな廣田さんにとっての先達《せんだつ》だった杉山茂丸は、日露戦争の勝利でロシアの南下政策を阻止《そし》した後は極力自制的な外交を唱えていたのです。ですから、大陸進出派の軍部・財閥・官僚らに対しては、

貴様等、満洲だけはやめとけ。満洲は、世界の臍《へそ》じゃ。あの臍を押すと、大きな屁《へ》が出る。日本は、その屁のために、亡んでしまうぞ。

と予言めいた警告(41)を発して、釘《くぎ》を刺していたほどの政治的慧眼《けいがん》の持ち主だったのですから。

W：マ……マコトなので御座いますか、そのお話は!!

I：もちろん。だから最初に断っておいたじゃないですか、教授！　夢野久作や杉山茂丸は化け物なのだと……。

マアそういうことで、20世紀の30年代以降の世界史を学校で習わず、マンガとアニメで自習してこられた若林教授のための現代史へのご招待《ガイダンス》はこれくらいにして、と……。そろそろ本題の『鬼滅の刃』に話題を切り替えて参りますよ。

W：承知しました。それでは私奴も再び、頭を切り替えて臨みます。

注解

(40) この作者の想いについては第四巻で謎解き予定。お楽しみに。

(41) 杉山龍丸著『わが父・夢野久作』からの引用。また、杉山茂丸著『百魔』からは、生前の茂丸が邦人居留民保護以外で中国本土に日本軍が介入することに反対していた事実が読み取れる。

さらに、東京創元社の『日本探偵小説全集4』(瓶詰の地獄、氷の涯、ドグラ・マグラの三編を収載)の巻末付録2「夢野久作の作品について」(杉山龍丸)を読むと、日露戦争の勝因と大東亜戦争の敗因についての、先代の杉山家当主・龍丸の見解を窺い知ることができる。つまり、大陸侵出に目が眩んだ日本が、国土を持たぬユダヤ人に不義理を働いて満洲を独占したことで招いた敗戦という認識である。以下は、「夢野久作の作品について」より……。

もう一つ、満州(今の東北地区)のことがあった。日露戦争で満州は日本帝国の満州軍の総参謀長であった児玉源太郎大将と協議し、軍資金は日本から、そして兵器の購入などにおいてはロシアから圧迫されたユダヤ人の組織の協力を得るという、杉山茂丸の世界政策をとり、この代償として、ユダヤ人の希望であった自由を満州に与えることを約束していたという。
日露戦争後、満州には約五万近いユダヤ人が移住して来て、日本の満州占領には絶対的に反対していたということであり、第二次世界大戦末期には、約二万であったことが判っているが、その後如何《いか》になったか？
「氷の涯」に出てくるニーナ・オリドイスキーという十九歳の、国籍不明の女性に、久作は何を象徴させようとしたのであろうか？〈中略〉
この作品のために集めた大資料は、現在、福岡県立図書館に保管されている。

ここからは筆者の考察だが、茂丸の見立てでは日露戦争が終結した1905年に、茂丸とは暢気《のんき》倶楽部《クラブ》で親交のあった首相、桂太郎が献策にしたがってアメリカの実業家ハリマンとの間に、南満洲鉄道の日米共同経営を確約した「桂・ハリマン協定」の覚書を結んだまでは良かったが、ポーツマスから帰国した小村寿太郎がその覚書をひっくり返して破棄した時点で、後の日米両国の衝突、開戦は不可避と踏んでいたのだろう。

茂丸が脳裏に描いた世界政策は日米共同で満洲《マンチユリア》を開発経営し、英国のバルフォア宣言（1917年）に12年ほど先立ってポグロムに苦しむユダヤ人に安住の地を与えて、彼等の同胞の資金力を用いながらロシアの南下政策に対抗しうる緩衝国（マンチユリアン・カナン？）を築くというものであったろうと推察される。

杉山茂丸がこの〝国家百年の大計〟をもとに打っていた布石

左は第２回渡米時の杉山茂丸、右が伊藤博文の要請で日露戦争の軍資金をつくるために明治36年に渡米したときの杉山茂丸

が、明治31（1898）年に自身が渡米して、ユダヤ系の金融王J・P・モルガンとのサシの交渉で興業銀行設立に必要な莫大な融資を約定させた投資案件であった。そして、この単独交渉で一種の仮登記担保として機能させていたものが、日露戦争後の世界を見据えた満洲へのユダヤ人移住計画&共同開発プランだったのだろう。

明治37年、日露戦争講和会議の打合せのために山縣有朋とともに満洲軍司令部を訪れたときの軍服姿の杉山茂丸（左）と、児玉源太郎大将（右）

　結局、この時の融資案件は貴族院と国内銀行家の反対により握り潰されたが、茂丸によるユダヤ人投資家の世界ネットワークへの接触はその後も水面下で継続された。その輪の一環に英国のサー・アーネスト・J・カッセルやクーン・ロエブ商会のジェイコブ・シフがいたとみれば、龍丸が明かした杉山家の口伝の意味が朧げにではあるが理解できてくる。ジェイコブ・シフは明治37（1904）年にロンドンで日露戦争の戦費調達に苦戦していた高橋是清と偶然に出会って、「負ければ紙切れ同然」で買い手のつかなかった日本公債を500万ポンド分も引き受けてくれた投資家だったが、この時のシフの行動が茂丸の世界政策と通底していたとすれば、高橋是清には奇蹟と思えたビック・ディールの成就も、裏では仕込みが済んでいたと考えられるのである。

　シフは日露戦争終結後にクーン・ロエブ商会の大口投資先だった米国鉄道王ハリマンと共に大型客船マンチュリア号に乗船し来日を果たす。二人は金子堅太郎の義弟・團琢磨《だんたくま》が大番頭を務める三井財閥主催の歓迎会の席で内田良平の柔術の演武を観覧した後、日光の観光、そして明治天皇に拝謁するなど国賓として厚く遇された。しかし、前述した経緯で「桂・ハリマン協定」は幻と消える。

　その後、大日本帝国は杉山茂丸がいう〝世界の臍〟マンチュリアをガムシャラに押し続けて、茂丸が警告していたとおり破滅への道を辿った。

付け加えれば、本章前半（直樹おにいさまの思い出）で紹介した杉山茂丸と十五歳当時の夢野久作の親子のやりとりには、二十世紀初頭の歴史の転換点という背景が横たわっていたのである。なお、そのことを裏付ける杉山家・第十代当主の言葉があるので、以下、引用する。

……彼（＝夢野久作）は文学芸術に凝《こ》って、世界の名画切り抜きを蒐《あつ》め始めています。また、福岡近郊を度々《たびたび》旅行して、そのスケッチが残っています。

この頃、父茂丸は、伊藤博文の希望もあって、日本の産業経済振興のため、度々米国を訪れ、有名なＪ・Ｐ・モルガン商会、その他と折衝を行っていました。

茂丸は米国にロシヤから亡命して来たユダヤ人から、露西亜帝国内のユダヤ人圧迫状況や、その圧迫に抵抗する民衆運動の指導者レーニン等がパリに亡命して来ている情報を得たのか、宮崎民蔵等をパリに派遣して、レーニンに連絡をとらせ、また内田良平等をロシヤ国内視察に赴かせて、国情調査をさせています。

当時、ロシヤ帝国は北からシベリヤを侵略し、更に満州、朝鮮と進んで来ていましたので、これに対し、日本政府は天皇の地位のみ確保し、属国となる条件によって、妥協案を見出さんとして努力していました。

しかし、現実のアジアにおけるイギリス、フランス、ロシヤ、オランダ等のアジア侵略では、多くの王国が西欧の武力に耐えかねて妥協して属国となりましたが、結局は植民地となり、国民は奴隷になった歴史的事実から、茂丸は着々ロシヤ帝国に対抗し、これを破滅させる手段を行っていたと思われます。

これは必然的に日露の戦いが近づいていくことになり、日本は、世界一の陸軍と第二の海軍をもつロシヤと、極東で対決することになり、敗れれば滅亡する運命となっていました。

茂丸は、Ｊ・Ｐ・モルガンのみならず、米国の朝野、更にユダヤ人等の協力を得て、英国のロスチャイルド等からも援助を受けることになり、日英同盟を締結すると共に、軍資金をつくる国債も無事消化して、日本軍の銃砲、軍艦等の整備を終りました。

恐らく茂丸は、これらの準備を終了して福岡に帰ったのでしょう。

茂丸は夢野久作の文学への志も、絵画への希望も受け入れず、ようやく農業をすることを許しています。

恐らく茂丸自身も、彼一流の緻密な頭で出来る限りの戦いの方策は尽くしたと思いますが、しかし世界第一の大国を相手にしての戦争ですから、万一の失敗の折、植民地属国となり、奴隷となる運命を考えたとき、文学や芸術が許されるべくもないことを知っていて、彼に対して訓戒をしたものでしょう。

以上、夢野久作と杉山三代研究会の会報『民ヲ親ニス第10号』の176頁に収載された、杉山龍丸「西の幻想作家—夢野久作のこと—」より引用。同書については本書、第1章19頁の注解2を参照のこと。

付論4　黙して語らず　廣田弘毅、最後の外交戦

極東国際軍事裁判（以下、東京裁判）において、いわゆる〝A級戦犯〟28人の1人として起訴された廣田弘毅は、憲法上の統帥権《とうすいけん》の主体であった天皇に戦争責任の累が及ぶことを最も恐れ警戒し、公判期間中は一言の弁明もしなかったというのが筆者の見立てである。

東京裁判においてA級戦犯が起訴された1946年4月29日は昭和天皇の生誕を祝す天長節《てんちょうせつ》と重なっていた。この日付けの暗合から天皇を人質に取られていると理解した廣田は、この軍事裁判を外交官としての己の生涯最後の外交戦と思い定めて、〝黙して語らず〟の無抵抗主義を法廷戦術とした。

以下、東京裁判の審議日程を列挙する。

A：（1945年）12月8日　東京裁判の開廷準備として国際検察局を設置。

B：（1946年）4月17日　A級戦犯28名を確定。

C：（1946年）4月29日　A級戦犯28名を起訴。
D：（1946年）5月3日　開廷。
E：（1946年）6月4日　検察側立証開始。
F：（1947年）2月24日　弁護側反証開始。
G：（1948年）8月3日　判決文の翻訳開始。

外交畑出身の廣田である。これらの日程を知らされた時、瞬時に、その日付の意味することに気付いただろう。

A：12月8日（1941年）真珠湾攻撃。対米英戦争宣戦布告。
B：4月17日（1895年）日清戦争講和条約（下関条約）調印。
C：4月29日（1901年）天長節。昭和天皇生誕。
D：5月3日（1928年）済南事件。中国での呼称は五・三惨案。中国人外交官虐殺事件。
E：6月4日（1928年）張作霖爆殺事件。
F：2月24日（1933年）国際連盟総会でリットン調査団報告書を採択。即日、日本が連盟脱退。
G：8月3日（1935年）天皇機関説事件。日本政府が国体明徴《めいちょう》声明。

廣田はこれらの日付を目にして、Aからはアメリカの怒りを、BとDからは中華民国の思惑を、そしてCからはこの裁判が天皇の身代り裁判である状況を自覚する。また、Eからは奉天軍閥の息子・張学良の怒りが滲《にじ》んでいたし、Fからは日露戦争講和における仲介の労がなんら報いられることもなく、満洲利権から締め出された米国の恨み顔が覗《のぞ》いていた。Gについては右翼の台頭に拍車が掛かった、美濃部達吉の事件を引き合いに出して、連合国側が戦前の日本の国体の有り様に強烈な不満を表明しているといったところだろうか。

公判中に廣田は、「量刑というものは情状で軽くなるものでしょうか」と弁護人に尋ねている。「そうです」と答えられると、「困ったナァ、長くつながれるのが一番困る」とこぼしている。1948年11月2日投開票の米国大統領選挙の日程が頭に入っていた廣田だからこそ、裁判の審理が長引くことを〝一番困る〟と漏らしたのだろう。起訴事実に徹底抗戦すれば死罪を免れる公算が一番あった文官の廣田弘毅だけが、皮肉にもワシントンに目を向けて、時間との闘いに挑んでいたのだ。

廣田は米国大統領選挙の結果や、アメリカの有権者が選挙期間中に共和党側の選挙キャンペーンや世論誘導に乗って、どのような動きを示し始めるのか、その動向を気にしていたものと筆者には思われる。

廣田としては、現職の大統領トルーマンが天皇の処刑まで望んではいないことは理解できただろう。しかし、次の大統領はどうだったろうか。天皇の起訴問題に関しては不問に付す姿勢を示していたトルーマン政権が、次の選挙結果によっては一夜にして瓦解する恐れもあったのだ。もし、共和党の相手側候補トマス・デューイが選挙期間中にトルーマンの対日占領政策を弱腰と非難し、「敗戦国の元首には極刑を！」とアメリカ国民を扇動する選挙戦術にでたら？　これこそが、廣田にとって最大の恐怖だった。外交機密は死んでも口を割らない外交官としての矜持《きょうじ》を持つ廣田が、その胸のうちを明かすことは最後までなかったろうが、廣田としてはトルーマン政権下での東京裁判の〝一日も早い判決の言い渡し〟こそ最優先の外交課題と思い定めて、法廷では無抵抗主義をつらぬく覚悟をしていたのだろう。

その年、1948年の大統領選挙は米国史上最大の番狂わせが起きた選挙と歴史家たちが口を揃える結果となった。投票前の世論調査では挑戦者候補のデューイが圧勝するとみられていたが、開票結果は一晩たっても確定せず、勝敗の行方は翌11月3日にまでもつれこんだ。現地の一部の新聞社は痺《しび》れを切らして3日の朝刊に『デューイ、トルーマンを破る』という大見出しを掲げた。しかしこれが世紀の大誤報であったと昼過ぎに判明すると、トルーマンは歓びを爆発させた。こうして大統領選挙の勝敗の帰趨《きすう》が決した頃合いには、日付変更線の向こう側では11月4日に日付が改まろうとしていた。11月4日は東京裁判の判決言い渡しの開始日だった。

判決言い渡しが開始された時、廣田は深く安堵し、自分だけが知っていた外交戦の勝利を嚙《か》みしめただろう。余人には計り得ない智略をもって陛下の盾となり、公判中は〝黙して語らず〟で二年以上も理不尽な裁判に臨み続けた元宰相は、他の死刑囚とともに毅然と刑に服したという。

付論５　廣田の隣人たち　杉原千畝とシロタ一家

　廣田弘毅と静子夫人は、相思相愛のおしどり夫婦として知られていた。廣田は髙橋是清の愛娘や三菱財閥の令嬢との縁談話を断って幼馴染の静子と結婚した。

　１９４６（昭和21）年5月17日、巣鴨拘置所で廣田と面会した静子は、翌払暁《ふつぎょう》に藤沢市鵠沼《くげぬま》の別邸で毒を仰いで自決した。死を決意していた夫の未練を断つためだった。彼女は子供らに「パパを楽にしてあげる方法が一つあるわ」と言い残していたという。

　妻が亡くなったことを知らされたあとも、廣田は拘置所から家族に手紙を送る際は最後まで「最愛の妻　静子」と書き続けた。のちに、アメリカ国防総省が公開した膨大な記録映像をもとに小林正樹監督が製作したドキュメンタリー映画『東京裁判』（１９８３年）には、「被告、廣田弘毅を絞首刑に処す」と判決を言い渡された廣田が、イヤホンを外して二階の傍聴席にいた二人の愛娘に軽く会釈をする姿が映し出されている。

また、次のような逸話もある。外交官時代の廣田弘毅がソ連問題のエキスパートとして高く実力を評価していた後輩がいた。その後輩は在モスクワ日本大使館への赴任が決まったが、満洲国外交部時代の卓越した諜報手腕を恐れたソ連から入国を拒否される。〝ペルソナ・ノン・グラータ（好ましからざる人物）条項〟を発動されたのだ。やむなく外務省はバルト海沿岸国の領事館を彼の新たな任地と定めた。

この外交官こそ、WWⅡの戦時下においてナチス・ドイツの迫害から逃れるためにソ連―日本経由で第三国への出国を希望するユダヤ系市民に〝6000枚の命のビザ〟を発給し続けた駐リトアニア領事・杉原千畝《ちうね》その人であった。戦後20年以上たってから〝東洋のシンドラー〟としてスポットライトを浴びるようになった杉原だが、彼が長男を弘樹《こうき》と名付けるほど廣田に尊崇の念を抱いていた（廣田に憚《はばか》って「樹」の字を当てた）ことは世間ではほとんど知られていない。

敗戦によって杉原はソ連軍に身柄を拘束されてシベリアに抑留されたが、1947（昭和22）年に釈放されて帰国の途に就く。そして博多港で故国の土を踏んだ杉原が向かった先が、すでに巣鴨プリズンに拘置されていた廣田が逮捕直前まで住んでいた神奈川県藤沢市の鵠沼だった。廣田を慕っていた杉原は鵠沼に居を構えると、30年以上もそこで暮らし続けた。

杉原の願いも虚しく廣田は不帰の客となったが、生前の廣田にも一人のユダヤ人少女の窮状を救った逸話が残されている。

＊

＊

　ことの起こりは帝政ロシア末期の〝ポグロムの嵐〟が吹き荒れていたウクライナ地方。キエフ出身のユダヤ人、レオ・シロタはロシア革命の波に翻弄されて、妻とオーストリアへ逃れてそこで国籍を取得する。夫妻は新天地ウィーンで１９２３年に女児を授かる。

〝リストの再来〟と称されたレオは、音楽の都ウィーンを拠点に、妻と娘を伴いながら各国のコンサートホールで優美なピアノの旋律を披露していた。そんな折に、ハルビン公演で知遇を得た日本人作曲家・山田耕筰《こうさく》の誘いを受けて１９２８年に訪日を果たす。日本での公演も好評を博して、それが機縁となって東京音楽学校ピアノ科教授として奉職する運びとなる。レオは乃木坂に住まいを求めて、家族とともにしばらく日本で腰を落ちつかせることになった。

　ところが世界恐慌の勃発によって欧州では公演中止が相次ぎ、さらにユダヤ人排斥運動も激化。追い打ちをかけるようにドイツでナチスが台頭してオーストリアを併合すると、シロタ一家は帰国もままならない状況となる。

　レオの娘は5歳での来日以来、母国語のドイツ語やロシア語に加えて、英語、フランス語、ラテン語に加えて日本語も話せるマルチリンガルに成長し、15歳になると語学の才能をさらに伸ばすためにアメリカの大学への単身留学を希望していた。しかし国籍があるオーストリアはナチスの占領下にあり、１９３９年当時はユダヤ系市民のビザのための証明書の取得など望みうべくもない状況にあった。困り果てたレオは、当時、ご近所付き合いをしていて顔なじみだった元・総理大臣兼外務大臣の隣人に救いを求めた。

シロタ家の娘の窮状を知った廣田はすぐに駐日米国大使に電話を入れて、直談判の末に大使館の了承を得て特別にビザを発給してもらった。この時の廣田の行動は、杉原の〝6000枚の命のビザ〟に比べればささやかなもののように思える。しかし、このユダヤ人少女、つまり、若き日のベアテ・シロタ・ゴードンの急場を救った〝運命のビザ〟は、敗戦後の日本に幸いすることになる。

渡米から7年、両親の安否確認のために日本に合法的に入国できる職を求めていたベアテ・シロタは、連合国軍最高司令官総司令部（GHQ）の民間人要員に応募する。六言語話者の才能を買われて本採用になったベアテは空路で厚木に降り立った。そして、ひとづてに消息を求めて、軽井沢に疎開していた両親の無事を確認することができた。

一息ついたベアテに、GHQによる新憲法のモデル草案起草の極秘命令が下る。日本育ちのベアテは、日本人女性の社会的な地位の低さを渡米前から痛感していた。彼女は〝女性の解放〟の想いを込めて、当時、世界最先端の「両性の本質的平等」の精神を条文の魂として盛り込み、日本国憲法第二十四条（家族関係における個人の尊厳と両性の平等）の原案を起草した。この22歳当時のベアテの働きは極秘任務であったことから世に知られることはなかったが、2005年、映画『ベアテの贈りもの The Gift from Beate』の封切りを機に広く日本でも注目を集めることとなった。

歴史にイフはないが、もしも天国で廣田夫妻がこの映画を観たとしたら、「ご近所だった、あの子がね？」という驚きとともに、二人で目を合わせて微笑《ほほえ》んだことだろう。

第2章

禰豆子《ねずこ》の竹

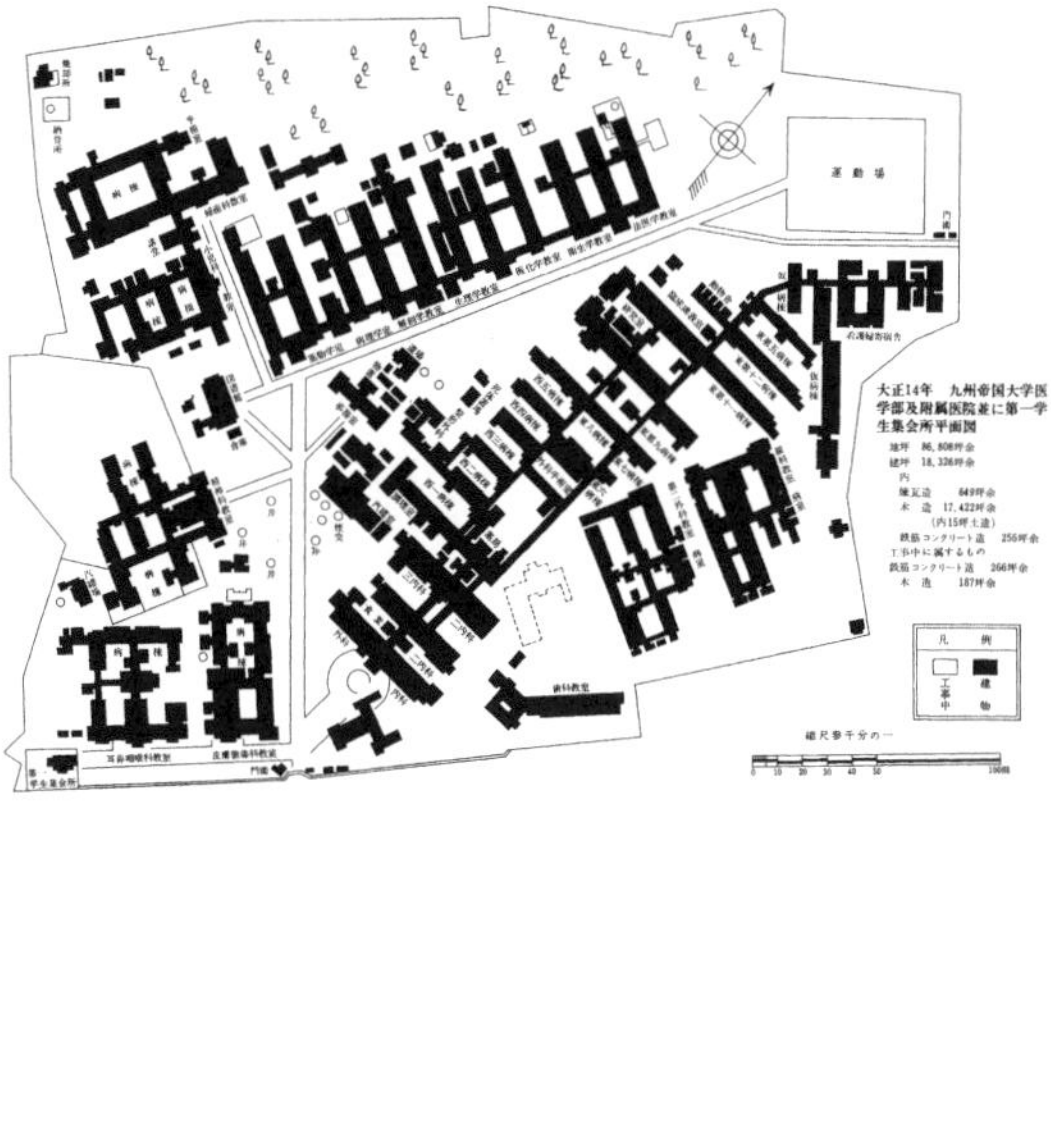

九州帝国大学及び附属病院の平面図
（出典：『九州大学医学部建築史』）

記憶の遺伝

I：それでは、気分一新！　ここからは再び、鬼滅バナシに推理の糸を垂らして参りましょう。まずは、物語の主役である竈門《かまど》炭治郎《たんじろう》から。炭治郎のキャラクターを特徴づけるものとして、吾峠呼世晴《ごとうげこよはる》先生が設定されたのが「記憶の遺伝」！　コレを見落とす訳にはいきませんね、教授。

W：そうですなあ……。この「記憶の遺伝」という概念《がいねん》は、ドグラ・マグラの中で正木先生が提唱しておられた「心理遺伝」や「胎児の夢」と丸被《まるかぶ》りで御座いましたからな。

I：そうですとも！

……ある人間の体細胞の中で受け継がれてきた何代か前の祖先の記憶の断片が、外部からの何らかの強い暗示作用によって一瞬のうちに当人の自我・人格の中に入り込んで、祖先が見たり聞いたりしたことを当人がそのまま幻視《げんし》する！

……という正木博士が生前に提唱しておられた「心理遺伝」の発症なる概念が、『鬼滅の刃』においては「記憶の遺伝」として、夢野久作からワニ先生へとストレートに継承されているのです。

僕の見立てでは、ワニ先生こと吾峠呼世晴先生は〝シャーロキアン〟ならぬ〝ドグラ・マギアン〟、それも筋金入りのコアな夢Ｑファンであったろうことは疑う余地の無いことですよ。

Ｗ：左様、さよう……。私がたった今、ｉＰａｄ《アイパッド》で検索してみた処では、「鬼滅の刃まとめWiki」《２０２１年現在》に曰《いわ》く……、

『記憶の遺伝』

人間は姿形だけではなく、先祖が体験した記憶も遺伝するという説。

本人は一度も体験したことがないのに、どこかで体験したことのように感じることがそう呼ばれる。

現象そのものは心理学における「既視感」であるが、その概念は夢野久作著『ドグラ・マグラ』の「胎児の夢」に近い。

この考え方は刀鍛冶の里で伝えられているが、鬼殺隊全体に認められているわけではなく、俗信の一種として扱われている。

炭治郎が日の呼吸の剣士や炭吉の夢を見たり、彼らの言動をなぞったりすることが、これに当てはまる。


……で御座いましたからな。

I：ああ、惜しいナッ。この解説なら、「夢野久作著『ドグラ・マグラ』の「胎児の夢」に近い」よりも、「夢野久作著『ドグラ・マグラ』の「心理遺伝」に近い」とした方が、より的確だったでしょうにね……。

炭治郎なら確かに母親の胎内でも継国縁壱《つぎくによりいち》の姿を「胎児の夢」として見ていたでしょうが、鬼滅のコミックでは13巻・第１１３話「赫刀《かくとう》」で、上弦の肆《し》を相手に爆血刀《ばっけつとう》を振るう炭治郎の脳裏に、炭吉《すみよし》の妻〝すやこ〟が縁壱の赫刀を見て綺麗だと微笑む姿が浮かんだり、21巻・第１８６話「古《いにしえ》の記憶」の中で炭治郎が戦闘中に縁壱の姿を幻視するシーンが描かれていますから、ここでは「心理遺伝」とした方がよりシックリくると思いますね、僕は。

W：その通りですな。さらに〝体細胞の中で受け継がれる祖先の記憶〟という意味で申すならば、「遊郭《ゆうかく》編」の戦闘シーンで炭治郎と対峙した堕姫《だき》が、戦国時代の頃の縁壱の姿を唐突に幻視するという場面が御座いましたな。アレなんぞも一種の「心理遺伝」の現れのひとつかと……。

I：ああ、コミック10巻・第81話「重なる記憶」の中で堕姫が……、「これは　アタシじゃない　アタシの記憶じゃない　細胞だ　無惨《むざん》様の細胞の記憶……」と独白していた場面ですね？

W：左様で御座います。ヒノカミ神楽《かぐら》〝灼骨炎陽《しゃっこつえんよう》〟の斬撃を受けた堕鬼《だき》が、無惨の血の細胞に刻まれた〝耳飾りの剣士〟への恐怖の記憶が呼び起こされ、冷汗を浮かべておった場面です。

I：それにしても、鬼滅の背後にドグラ・マグラの気配を探り当てているあたりは、「鬼滅の刃まとめWiki」のお手並みは流石《さすが》といったところですね。やはり、僕らにとっては令和のコアな鬼滅ファンの皆様方は、ドグラ・マグラ復権にのぞみを繋《つな》ぐ、一縷《いちる》の光ですよ！

Ｗ：マッタクですな……。

嗅覚の冴え

I：……次に、炭治郎のキャラクターとしてもうひとつ、その類《たぐ》い稀《まれ》な「嗅覚《きゅうかく》」を挙げることが出来ますが、ドグラ・マグラの主人公・呉一郎《くれいちろう》にも、呪いの絵巻物の画面から湧き出して来る底知れぬ鬼気と、神経から匂って来る堪え難い悪臭に悩まされるシーンがあります。ちょっと長い引用になりますが、呉一郎が正木敬之《まさきけいし》博士に勧められて呪いの絵巻物を披見《ひけん》する箇所を本から抜粋して読み上げて頂けませんか、教授？

W：畏《かしこ》まりました。では……、

　象牙の箆《へら》を結び付けた暗褐色の紐《ひも》を解《ほど》いて巻物をすこしばかり開くと、紫黒色の紙に金絵具《きんえのぐ》で、右上から左下へ波紋《はもん》を作って流れて行く水が描いてあるが、非常に優雅な筆致《ふでつき》に見えた。私はその青暗い平面に浮き出している夢のような、又は細い煙のような柔らかい金線の美しい渦巻きに魅せられながら、何の気もなくズルズルと右から左へ巻物を拡げて行ったのであったが……やがて眼の前に白い紙が五寸ばかりズイとあらわれると、私は思わず……

「……アッ……」

と叫びかけた。けれどもその声は、まだ声にならない次の瞬間に咽喉《のど》の奥へ引返してしまった。……巻物を両手に引き拡げたまま動けなくなってしまった。息苦しい程胸の動悸《どうき》が高まって……。

そこに横たわっている裸体婦人の寝顔……細い眉《まゆ》……長い睫毛《まつげ》……品のいい白い鼻……小さな朱唇《しゅしん》……清らかな腮《あご》……それはあの六号室の狂美少女の寝顔に生き写しではないか……黒い、大きな花弁《はなびら》の形に結《ゆ》い上げられた夥《おびただ》しい髪毛《かみのけ》が、雲のように濛々《もうもう》と重なり合っている……その鬢《びん》の恰好《かっこう》から、生え際のホツレ具合までも、ソックリそのままあの六号室の少女の寝姿を写生したものとしか思われないではないか………。

しかしこの時の私には『何故』というような疑問を起す余裕がなかった。その寝顔……否《いな》、眠っているかのように見える表情の下から、微妙な彩色や線の働らきによって見え透《す》いて来る死人の相好《そうごう》の美くしさ……一種譬《たと》えようのない魅力の深さに、全霊を吸い寄せられ吸い奪われてしまって、今にもその眼がパッチリと開きはしまいか。そうして最前のように「アッ……お兄様ッ……」と叫んで飛び付いて来はしまいか……というような、あり得べからざる予感に全神経を襲われつづけていたのであった。瞬《まばたき》一つ出来ず、唾液一つ呑み込み得ないままに、その臙脂《えんじ》色の薄ぼけた頬《ほほ》から、青光りする珊瑚《さんご》色の唇のあたりを凝視《ぎょうし》していたのであった。

「ハッハッハッ。馬鹿に固くなっているじゃないか。エー……オイ。どうだい。大したものだろう。呉青秀《ごせいしゅう》の筆力は……」

絵巻物の向うから正木博士がこんな風に気軽く声をかけた。しかし私は依然として身動きが出来なかった。唯《ただ》やっと切れ切れに口を利《き》く事が出来ただけであった。今までと丸で違った妙なカスレた声で……。

「……この顔は……さっきの……呉《くれ》モヨ子と……」

「生き写しだろう……」

と正木博士はすぐに引き取って云った。その途端に私は、やっと絵巻物から眼を外《そ》らして、正木博士のこっちに振り向いた顔を見る事が出来たが、その顔には一種の同情とも、誇りとも、皮肉とも何ともつかぬ笑いが一面に浮き出していた。

「……どうだい面白いだろう。心理遺伝が恐ろしいように肉体の遺伝も恐ろしいものなんだ。姪《めい》の浜《はま》の一農家の娘、呉モヨ子の眼鼻立ちが、今から一千百余年前《ぜん》、唐の玄宗《げんそう》皇帝の御代《みよ》に大評判であった花清宮裡《かせいきゅうり》の双蛺《そうきょう》姉妹に生き写しなんていう事は、造化《ぞうか》の神でも忘れているだろうじゃないか」

「…………」

「歴史は繰り返すというが、人間の肉体や精神もこうして繰り返しつつ進歩して行《ゆ》くものなんだよ。尤《もっと》もコンナのはその中でも特別誂《あつら》えの一例だがね……呉モヨ子は、芬《ふん》夫人の心理を夢中《むちゅう》遊行《ゆぎょう》で繰り返すと同時に、その姉の黛《たい》夫人が、喜んで夫の呉青秀に絞め殺された心理も一緒に繰り返しているらしい形跡《けいせき》があるのを見ると、二人の先祖にソンナ徹底したマゾヒスムスの女がいて、その血脈を二人が表面に顕《あら》わしたものかも知れぬ。又は呉青秀を慕《した》う芬女《ふんじょ》の熱情が、思う男の手にかかって死んだ姉の身の上を羨《うらや》ましがる位にまで高潮《こうちょう》していたと認められる節《ふし》もある。しかしそこまで突込《つっこ》んで行かずともその絵巻物の一巻が、呉青秀と、黛芬姉妹の夫婦愛の極致《きょくち》を顕《あら》わしていることはたやすく解るだろう……とにかくズット先まで開いて見たまえ。呉一郎の心理遺伝の正体が、ドン底まで曝露《ばくろ》して来るから……」

私はこの言葉に追い立てられるように、半ば無意識に絵巻物を左の方へ開いて行った。

それから順々に白紙《はくし》の上に現われて来た極彩色《ごくさいしき》の密画を、ただ、真に迫っているという以外に何等の誇張も加えないで説明すると、それは右を頭にして、両手を左右に伏せて並べて、斜《ななめ》にこっち向きに寝かされた死美人の全長一尺二三寸と思われる裸体像で、周囲が白紙になっているために空間に浮いているように見える。それが間隔三四寸を隔《へだ》てて次から次へと合わせて六体在るのであるが、皆殆《ほとん》ど同じ姿勢の寝姿で、只違うのは、初めから終りへかけて姿が変って行っている事である。

すなわち巻頭の第一番に現われて私を驚かした絵は、死んでから間もないらしい雪白《せっぱく》の肌で、頬や耳には臙脂《えんじ》の色がなまめかしく浮かんでいる。その切れ目の長い眼と、濃い睫毛《まつげ》を伏せて、口紅で青光りする唇を軽く閉じた、温柔《おとな》しそうなみめかたちを凝視していると、夫のために死んだ神々《こうごう》しい喜びの色が、一パイにかがやき出しているかのように見えて来る。

然《しか》るに第二番目の絵になると、皮膚《はだ》の色がやや赤味がかった紫色に変じて、全体にいくらか腫《は》れぼったく見える上に、眼のふちのまわりに暗い色が泛《うか》み漂い、唇も稍《やや》黒ずんで、全体の感じがどことなく重々しく無気味《ぶきみ》にかわっている。

その次の第三番目の像では、もう顔面の中で、額と、耳の背後《うしろ》と、腹部の皮膚の処々が赤く、又は白く爛《ただ》れはじめて、眼はウッスリと輝き開き、白い歯がすこし見え出し、全体がものものしい暗紫色《あんししょく》にかわって、腹が太鼓のように膨《ふく》らんで光っている。

第四の絵は総身が青黒《あおぐろ》とも形容すべき深刻な色に沈みかわり、爛《ただ》れた処は茶褐色、又は卵白《らんぱく》色が入れ交り、乳が辷《すべ》り流れて肋骨《あばら》が青白く露《あら》われ、腹は下側の腰骨の近くから破れ綻《ほころ》びて、臓腑《はらわた》の一部がコバルト色に重なり合って見え、顔は眼球が全部露出している上に、唇が流れて白い歯を噛み出しているために鬼のような表情に見えるばかりでなく、ベトベトに濡れて脱け落ちた髪毛《かみのけ》の中からは、美しい櫛《くし》や珠玉《しゅぎょく》の類《たぐい》がバラバラと落ち散っている。

第五になると、今一歩進んで、眼球が潰《つい》え縮み、歯の全部が耳のつけ根まで露われて冷笑したような表情をしている。一方に臓腑は腹の皮と一緒に襤褸《ぼろき》切れを見るように黒ずみ縮んでピシャンコになってしまい、肋骨や、手足の骨が白々《しろじろ》と露われて、陰毛の粘り付いた恥骨《ちこつ》のみが高やかに、男女の区別さえ出来なくなっている。

最終の第六図になると、唯《ただ》、青茶色の骨格に、黒い肉が海藻のように固まり付いた、難破船みたようなガランドウになって、猿とも人ともつかぬ頭が、全然こっち向きに傾き落ちているのに、歯だけが白く、ガックリと開いたままくっ付いている。

……私は嘘を記録する事は出来ない。あとから考えても恥かしい限りであるが、私はおしまいの方ほど急いで見た。

勿論《もちろん》、この絵巻物を開いた最初のうちこそ、一種の反抗心と共に落ち付いた態度を保っていたが、死美人の絵が出て来ると間もなくそんな気持ちはどこへやら消えうせて、巻物を開き進める手がだんだんと早くなるのを自覚しながら、どうしてもそれを押し止《とど》める事が出来なくなった。それでも眼の前の正木博士に笑われてはいけないと思って一所懸命に息を詰めて、出来るだけ念を入れて見たつもりであったが、それでもとうとうしまいには我慢出来なくなって、第六番目の絵なぞは殆《ほとん》ど眼の前を通過させただけと云ってよかった。画面から湧き出して来る底知れぬ鬼気と、神経から匂って来る堪え難い悪臭に包まれて、殆《ほとん》ど窒息しそうな思いをしながら、やっと、おしまいの由来記の頭が見える処まで来ると、思わずホッとして吾に返った。それから四五尺の長さにメッキリと書き詰めた漢文の上を形式ばかり眼を通して、その結末にある

大倭朝《やまとちょう》天平宝字《ほうじ》三年癸《き》亥《がい》五月於《おいて》二西海《さいかい》火国《ひのくに》末羅《まつら》潟《がた》法《は》麻《ま》殺《さ》几《き》駅《えきに》一

大唐翰林《かんりん》学士芳九連《ほうきゅうれん》二女芬《ふん》　識《しるす》

という文字を二三度繰り返して読んで、いくらか気を落付けてから、もとの通りに巻き返し

て箱の横に置いた。それから神経を鎮《しず》めるべく椅子に背を凭《も》たせて、両手でピッタリと顔を押えながら眼を閉じた。

I：……朗読、ありがとうございました、若林教授。
W：ナルホド……。ドグラ・マグラの主人公「私」も、絵巻物の画面から湧き出して来る底知れぬ鬼気を感じ取るばかりでなく、神経から匂って来る堪え難い悪臭をも知覚し得るほどの特殊能力者として、竈門炭治郎同様、常人《じょうじん》にはない嗅覚《きゅうかく》の能力を持つ人物像とされておったのですな。
I：ハイ。「私」は他にも、絵巻物の匂いを嗅いでみて、常人では気付きえない樟脳《しょうのう》の香気に紛《まぎ》れた香水の微香を嗅ぎ分けて、その持ち主の正体を探《さぐ》ろうとしていたくだりもありましたよね。
ですから、直方《のおがた》事件の後の事情聴取で、呉一郎が……、

空気の悪いのと、石炭の臭いだけはシンから嫌でした。

……と供述していたように、彼の一番の弱点は、その鋭敏すぎる嗅覚を阻害《そがい》する悪臭だったのです。中でも一郎がシンから嫌っていたのが、石炭が燃える時に出る煙の臭いでした。
このようにドグラ・マグラの主人公に夢野久作が設定した特性から、ワニ先生こと吾峠呼世晴先生は、竈門炭治郎のキャラクター像の一番の特徴である嗅覚に関する異能を着想され、それを糸口

として、鬼殺隊入隊の最終選別に残った他の同期の剣士たちのそれぞれの異能力へとイメージを膨らませていかれたのだろうと僕は推察しているのです。

五人の同期隊士

W：……炭治郎と同期の他の剣士たちの異能力と申しますと？

I：それをお答えする前に、若林教授は鬼殺隊の最終選別がおこなわれた藤襲山《ふじかさねやま》で生き残った剣士は何人だったかを憶えておいでですか？

W：勿論《もちろん》で御座います。最終選別結果の報告を受けたお館様《やかたさま》が、

　そうか　五人も　生き残ったのかい　優秀だね
　また私の　剣士《子供たち》が増えた……　どんな　剣士《けんし》に　なるかな

と語っておりましたから。

竈門炭治郎と我妻善逸《あがつまぜんいつ》、栗花落《つゆり》カナヲ、不死川玄弥《しなずがわげんや》の四名に、あと何故か合格発表の場では姿が見えなかった嘴平《はしびら》伊之助《いのすけ》を加えた計五名で御座います。

Ｉ：僕の推理では、ワニ先生は炭治郎と善逸と伊之助に呉一郎の能力や資質の一部を分け与えて、五名の中の主役である炭治郎に嗅覚の能力を割り振ることが決定した段階で、人間の五つの感覚を各人にひとつずつ異能力として宛《あ》てがって隊士像を造形していかれたに違いないのですよ。

Ｗ：五感ということは、視覚、聴覚、嗅覚、味覚、触覚ですか……。

Ｉ：はい。端的《たんてき》にいえば……、「嗅覚の特異体質者＝《イコール》炭治郎。聴覚＝善逸。触覚＝伊之助。味覚＝玄弥。視覚＝カナヲ」といったぐあいです。鬼滅の作者はこのような思考法で各キャラクター像の最初の骨格を組み上げて、それぞれの異能力に見合った外見や過去の逸話《いつわ》などを肉付けして同期の五人組を生み出されたのだと思いますよ。

Ｗ：ナルホド……。そのように考えると、いろいろと腑《ふ》に落ちる点がありますな。

竈門炭治郎の、人や鬼の気持ちを嗅ぎ取る能力と、鬼との戦闘場面において「隙《すき》の糸」を嗅ぎ分けて、自在に攻撃を繰り出す能力。

我妻善逸の、目を閉じて睡眠状態のままでも戦闘継続を可能とする、研ぎ澄まされた聴覚。

嘴平伊之助の、隠れた相手でも気配でその位置を索敵《さくてき》できるという、並外れて鋭い皮膚感覚。

不死川玄弥の、鬼を喰らうことで鬼が持つ怪力、不死性、超再生能力を一時的に我がものとするという、常人が持ちえない特異な味覚。

栗花落カナヲに至っては、孤独な幼少期に暴力に囲まれた境遇《きょうぐう》の中で生き延《の》びるために必死のおもいで身に付けたという人並み外れた視力。その後、蝶屋敷《ちょうやしき》に保護されてからは、この視力は「花の呼吸」でさえ体得できるまでの、動体視力として磨《みが》き抜かれます。そしてカナヲのこの特殊視力は、最終的に「終《つい》ノ型・彼岸朱眼《ひがんしゅがん》」へと結実する……。

と、こういった感じで御座いますな。

マンガというものはこのように、最初に登場人物《キャラクター》ごとに核となるイメージのタネを配列《はいれつ》しておいて、物語の展開の中でそれぞれのイメージの翼《つばさ》を拡げてゆくものなのですなあ。

I：そうですね。例《たと》えば伊之助の場合でいうと、彼の役柄《やくがら》である皮膚感覚の冴《さ》えを阻害《そがい》するような衣服は付けさせない方が道理《どうり》に適《かな》うということから、あのような佇《たたず》まいをさせているのだと、作者の思考回路を逆から推理することも可能となってくる訳です。

さらに、〝記憶喪失状態の美少年〟というドグラ・マグラの主人公「私」のキャラクター像についても、おそらくは〝一郎〟の名を受け継いでいるのに相違《そうい》ない、例の「霞《かすみ》のような記憶しか持ち合せていない柱」の誕生へと繋《つな》がっているという訳です。

W：……貴方様は、こんな精神科病棟の片隅の七号室なんぞで燻《くすぶ》っておられるよりも、『BE《ビー》-BOP《バップ》-HIGHSCHOOL《ハイスクール》』のきうちかずひろ先生や、あの『進撃《しんげき》の巨人』の諫山創《いさやまはじめ》先生が学ばれたことで名を馳《は》せる、博多駅前の九州デザイナー学院[1]のマンガ学科かナニかで講師にでもなられた方が向いているのではありませんか？

I：いやー、そんなあー（赤面《せきめん》）。

W：ちなみに…………、

――――――『進撃の巨人』の最終巻までの数巻を未読の私奴《わたくしめ》が推察《すいさつ》する処《ところ》によりますと、主人公のエレン・イェーガーとジーク・イェーガー戦士長と父・グリシャ・イェーガーの三者のプロット上の関係性は、長浜忠夫監督の『超電磁マシーン　ボルテスV《ファイブ》』の最終盤で開示《かいじ》された、ボルテスメカのメインパイロットで主人公でもある剛健一と地球征服軍司令プリンス・ハイネルと父・剛健太郎の三者の関係性と相似《そうじ》形《けい》を成すものであり……、また、『進撃の巨人』に登場する巨人は、『ボルテスV』等の系譜《けいふ》を受け継ぐスーパーロボット・シリーズの亜流《ありゅう》とも呼べる、庵野《あんの》秀明《ひであき》監督の『新世紀エヴァンゲリオン』に登場する「汎用《はんよう》人型決戦兵器・人造人間エヴァンゲリオン」、通称《つうしょう》〝EVA《エヴァ》〟の拘束具《こうそくぐ》である全身装甲《そうこう》を全て解除した剥《む》き身のEVAを、そのモチーフとした可能性が高いのであります。

……と申しますのは、巨人のパイロットともいえる巨人化能力者たちの搭乗部位《とうじょうぶい》が巨人の後頭部より下のうなじにかけての辺りにあって、これはEVAパイロットの操縦席《そうじゅうせき》を内包《ないほう》した「挿入型容器《エントリープラグ》」のEVAへの挿入《そうにゅう》部位とまったくの同一ポイントであることからも窺《うかが》い知れる事象《じしょう》なのであります。

仮にこの推理を是《ぜ》とすれば、『進撃の巨人』における「硬質化《こうしつ》」の能力は、そもそもはEVAの「絶対不可侵領域《ATフィールド》」から想起《そうき》された能力だったのではあるまいか？　との推理も脳裏を過《よ》ぎってくるのでありますが……。

そのように思案《しあん》しておるうちに、図《はか》らずも面白い事に気付きましたゾ。海の向こう側から押し寄せる敵（マーレ）に備えて巨人の壁でパラディ島を護っていた『進撃の巨人』の設定は、あるいは、古墳の石材さえ剝《は》ぎ取って突貫《とっかん》作業で高い石壁（元寇防塁《げんこうぼうるい》）と土居《どい》[2]（高さ7メートルの土塁《どるい》）を築き都市防衛に徹していた中世の博多や、その六百年も前に高さ9メートルもの土壁（水城《みずき》）を築きつつ、唐・新羅《しらぎ》連合軍の侵攻を防ぐべく総延長50キロほどの巨大な防衛施設（羅城《らじょう》[3]）によって「総構《そうがま》え」を完成させておった古《いにしえ》の大宰府《だざいふ》[4]をモデルとしておったのではありますまいかと……。

マア、それはさておき、『進撃の巨人』の最終話付近のプロットを私なりの推理眼で予見《よけん》してみるならば、思うに、宮崎駿《みやざきはやお》監督の『風の谷のナウシカ』に登場する王蟲《オーム》の「大海嘯《だいかいしょう》」や、白土三平《しらとさんぺい》先生の『忍者武芸帳』の「ジバシリ」とも何処《どこ》となく似通っている「地鳴《じな》らし」を発動させることにも、主人公のエレン・イェーガーはやがては成功するのでありましょうが、その際に巨人化するエレンの姿としてはそれまでのような人型巨人の外見とはまるで異質の姿をしている方がより劇的であるようにも思われるのであります。そう、例えば一案としては、東映動画がかつて製作した『大空魔竜《だいくうまりゅう》ガイキング』に登場してくる超巨大攻撃母艦「大空魔竜」をモデルとして、その全身骨格標本のような異形《いぎょう》の姿に禍々《まがまが》しくデザインし直した方が、読者により強力なインパクトを与えることになるのではあるまいか……などというようなことも推測されるので御座います。

同時に、プロット上の結末としては、新房昭之《しんぼうあきゆき》監督の『魔法少女まどか☆マギカ』のラストで主人公《ヒロイン》の鹿目《かなめ》まどかが「過去や未来全ての魔女を生まれる前に消し去ること」……を願った、あの秀逸なオチを踏襲《とうしゅう》する形で、この『進撃の巨人』においても「地鳴らし」が発動中の壊れかけた世界で、主要キャラクターの誰がしかが「巨人の力を、この世から消し去ること」を願って、エルディア人たちの巨人化能力にまつわる「円環の物語」に終止符《ピリオド》を打つ！　……という形で、諫山創《いさやまはじめ》先生は物語にケリを付けられるおつもりなのではなかろうかと個人的には推理しておる次第でありますが……。その際の見せ場としては、永井豪《ながいごう》先生の『デビルマン』の例の名シーンに肖《あやか》って、ミカサがエレンの生首を抱擁《ほうよう》して、その裡《うち》に秘めた深い愛情を無言のうちに表明する！　というような演出もまた、効果的なのではあるまいかと推察する次第なのであります‼

なお、諫山創先生は、主人公のエレン・イェーガーの名を、例の〝門の年〟にベルリンの壁崩壊の切っ掛けをつくったブランデンブルクのパスポート審査官H《ハラルド》・イェーガーのファミリーネームから拝借《はいしゃく》しておられ、また、ミカサやリヴァイ等の「アッカーマン一族」なる名称の元ネタは、高等数学において与える数が大きくなると爆発的に巨大な値を出力することで有名な「アッカーマン関数」からその着想を得られたものに相違ありますまい！　——

……などというような講義が、ドアの向うから漏《も》れ聞こえてくるので御座いましょうか、九州デザイナー学院、通称「九デ」のマンガ学科の教室内からは？

I：……………………………。

きょ、教授の方こそ、こ、ここを退院されたら……ハア、ハア、ハア、ハア。……きゅ、九デの講師に即採用ですよ、たぶん。……フウ――――。

注解

（1）専門学校九州デザイナー学院は、福岡市博多区の博多駅前にある私立専修学校。専門学校を省略して「九州デザイナー学院」と呼ばれることが多い。通称は「九デ」。著名な卒業生に、きうちかずひろ、諫山創がいる。

（2）ここでいう「土居」は、元寇《げんこう》の第一波である文永《ぶんえい》の役《えき》（1274年）を機に博多の周囲に築かれた土塁を用いた城壁を指す。鎌倉幕府は蒙古襲来の第二波に備えて博多を城郭化《じょうかく》し、博多の西端の櫛田《くしだ》神社と東端の聖福寺《しょうふくじ》に挟まれた南部の一画（二町半・275m四方）に鎮西探題《ちんぜいたんだい》の館を置き、そこを本陣とする城郭都市を築いた。

博多は北に博多湾、西に那珂《なか》川（当時の冷泉津《れいせんのつ》）、南に御笠《みかさ》川と三方を水に囲まれた地形だったが、無防備な東に土居（土塁）を築きつつ東堀の機能を果たす人工河川「石堂《いしどう》川」を掘削し、御笠川の流路を北に変えると、鉢底《はちのそこ》川（旧・御笠川）を天然の南堀として活用し、その内側に土居と堀（後世の房州堀《ぼうしゅうぼり》）を築造して防衛体制を固めた。一方、博多湾沿岸には全長20㎞の石壁「元寇防塁」を築いて〝第一防衛線〟とし、その後方（三町・330m）地点に石堂川と那珂川をつなぐ水路「大水道」を通して乱杭《らんぐい》・逆茂木《さかもぎ》・柵《しがらみ》を施し、高さ7mの土居とあわせて〝第二防衛線〟とした。

博多の都市設計は、源頼朝が開基し栄西《ようさい》禅師が開山した日本最古の禅寺・聖福寺の伽藍《がらん》群から、櫛田神社の櫛田浜口へ伸びる東西線と、それに直交する南北線（御供所《ごくしょ》通り）を基軸線としており、寺

城郭都市・博多【文永の役（第1次元寇・1274年）後の町割】

佐藤鉄太郎著『元寇後の城郭都市博多』をもとに作成

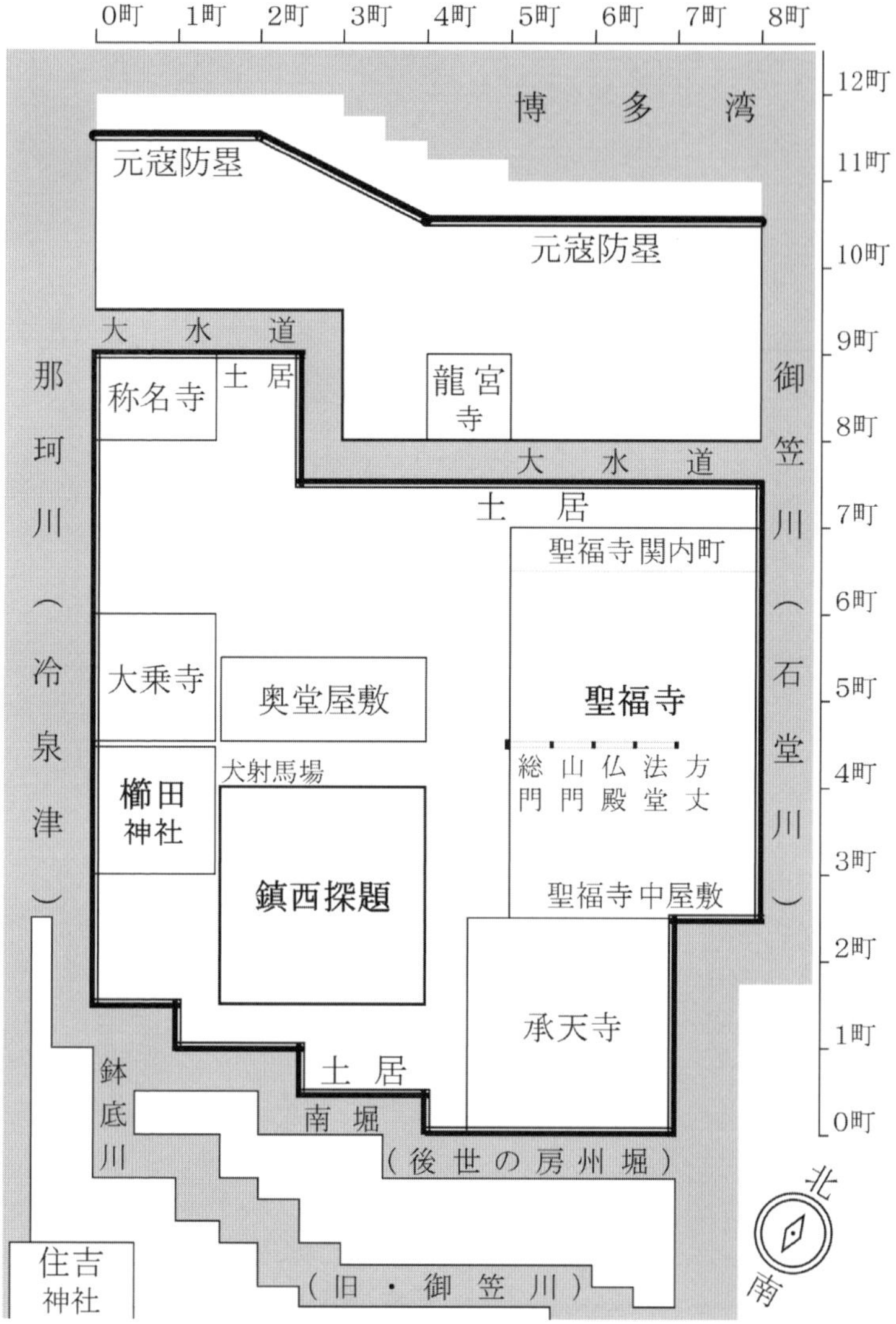

社や鎮西探題、各種防衛施設などが正確に半町（55ｍ）ごとに区画された基準線に沿って配置されていた。その名残りとして、鎌倉時代に成立し現在まで残る日本最古の貴重な街並が「聖福寺関内町」に現存する。なお、桃山時代に博多を訪れた豊臣秀吉は帰京後に洛中《らくちゅう》の周囲に「御土居《おどい》」を築いているが、その原型が博多の土居だとされている。〈参照、佐藤鉄太郎著『元寇後の城郭都市博多』から〉

（３）羅城とは、古代中国などの大陸で見られる城壁のこと。これは、土塁や石塁などによって敵の侵入・攻撃を防ぐことを目的に都市の周囲にめぐらした長大な外郭《がいかく》のことを指す。なお、羅城に開かれた門を羅城門（羅生門）と呼ぶ。

大宰府の東西南北にはそれぞれ、阿志岐《あしき》山城・水城《みずき》・基肄城《きいのき》・大野城《おおののき》などの飛鳥時代（５９３～７１０年）の史跡があり、これらを羅城の一部と考えている人もいる。この考えによると、大宰府は博多湾方面からの敵軍だけではなく、搦《から》め手の有明海や日田《ひた》街道方面からの敵襲にも羅城で備えていたことになる。ちなみに、『進撃の巨人』の作者・諫山創は大分県日田市の出身である。

羅城の範囲図

（４）大宰府（だざいふ）は、７世紀後半に九州の筑前国に設置された地方行政機関。条坊都市・大宰府は現在の福岡県太宰府市・筑紫野市にまたがり、国の特別史跡に指定されている。軍事・外交を主任務とし、九州地方の内政も担当した。

多くの史書では「太宰府」とも表記されているが、昭和30年代末に九州大学の鏡山猛氏が地名や天満宮など以外は「大宰府」と表記するよう提唱したことから、古代律令時代の役所とその遺跡は「大宰府」、中世以降の地名や天満宮については「太宰府」と表記するようになる。役所の表記もこれにならい、「大宰府政庁跡」「太宰府市」というように使い分けられている。

我妻善逸

Ｉ：……さてと、時間がもったいないので鬼滅の謎解きを進めます。
　次は、『鬼滅の刃』の愛すべき人気キャラ、我妻善逸《あがつまぜんいつ》です。
Ｗ：おお、〝一閃《いっせん》必殺の臆病者《おくびょうもの》〟だとか、〝肝心《かんじん》な時にしか役に立たない男〟などと、ファンの間で誉《ほ》め貶《けな》されている「雷《かみなり》の呼吸」の使い手・善逸ですな！
Ｉ：ああ見えても、かつて「柱」をつとめていた育手《そだて》の桑島慈悟郎《くわじまじごろう》からその非凡な能力を見出された男です。過酷な修行から逃亡することが度々《たびたび》あっても、鬼殺隊入隊にあたっては地獄のような修練や命を懸《か》けた最終選別を潜《くぐ》り抜けた、居合《いあい》を得意とする剣士です。
　根は弱虫の臆病者ですが、極限状態での緊張と恐怖の果てに気絶《きぜつ》するように眠りに落ちると、善逸はそこから真価を発揮《はっき》します。眠っている間にだけ本来の能力を発揮するという善逸のこのキャラクター設定にも、僕はドグラ・マグラの大きな影を感じているのですよ。
Ｗ：アハハハ。さては正木先生が提唱しておられた「夢中遊行《むちゅうゆぎょう》」の状態に陥《おちい》った患者が発揮する能力のことですな！

I：そうです、そのとおりです！　夢野久作は『ドグラ・マグラ』以外に『一足《ひとあし》お先に』の中でも夢中遊行をテーマにした物語を紡《つむ》ぎ出していましたが、この夢中遊行なる症例について説明している箇所がありますので正木博士の発言から抜粋《ばっすい》してみますと……。

モット皮肉で奇抜な例には夢中遊行というのがある。この病気は無論アタマ万能宗の科学者達には寄っても附けない不可解病として諦《あき》らめられ、敬遠されているのであるが、しかもその上に、そのフラフラの夢中遊行患者は、そんな科学者たちのアタマをイヨイヨ馬鹿にすべく、色々な奇蹟を演出する事があるのだ……たとえばこの種の患者は、その夢中遊行の発作に罹《かか》っている最中に限って、トテモその人間のアタマとは思えない素晴らしい智慧《ちえ》や技巧《ぎこう》をあらわして、人間業《わざ》では出来そうにないスゴイ仕事をやって退《の》けたりする。……のみならずその人間が翌《あく》る朝眼を醒《さ》ますと、いつの間にやら元の木阿弥《もくあみ》のケロリン漢に立ち帰って、そんな素敵な記憶の数々を、ミジンも脳髄《のうずい》に残していないというような摩訶《まか》不思議をあらわす。

W：完璧《かんぺき》に、我妻善逸の元ネタの匂いがしますな……。やはり、ワニ先生はコアなドグラ・マギアン……。

雷属性の聖地

I：……それから、もう一点、我妻善逸のキャラを際立たせているのは、その〝雷属性《かみなり》〟とでもいうべき、「雷の呼吸」を用いた抜刀術《ばっとう》の冴《さ》えです。

W：ああ、鬼滅の読者ならば、善逸があの「雷の呼吸・壱ノ型・霹靂一閃《へきれきいっせん》」を繰り出すシーンには誰もがシビレること請《う》け合いですからな、カミナリだけに！

I：……………………………。

W：コホン……。普段の輝かんばかりの弱虫ぶりと、戦闘時における別人のような抜刀術の冴えのギャップこそが、我妻善逸の真骨頂《しんこっちょう》といえましょうからな！　ですが善逸の「雷の呼吸」は、流石《さすが》に夢野久作ともドグラ・マグラとも繋《つな》がらないのではありませんか？

貴方《あなた》様は久作が生まれも育ちも、そして執筆活動もズ〜ット福岡だったことから、同じ福岡県の太宰府《だざいふ》天満宮《てんまんぐう》に祀《まつ》られている菅原道真《すがわらみちざね》公にあやかって、ワニ先生が「雷の呼吸」を思い付かれたとでも仰《おっしゃ》りたいのですか？　たしかに善逸が独自に編《あ》み出した、雷の呼吸・漆《しち》ノ型の「火雷神《ほのいかづちのかみ》」

は、道真公の神号「火雷天神《からいてんじん》」を訓読みしてアレンジした技名《わざめい》のように思えなくもありませんが、あのような雷系の技は、小動物なら『ポケモン』のピカチュウから、果ては『NARUTO—ナルト—』[5]の「うちはサスケ」や「カカシ先生」まで、マンガ界にはいくらでも溢《あふ》れかえっておりますゾ？

I：まあ、確かに太宰府天満宮の本殿の真下に亡骸《なきがら》の入った棺《ひつぎ》が埋《うず》められている菅原道真公は受験生に人気の学問の神様であられるとともに、雷を自在に操《あやつ》る天神様としての側面も持ってはおられます。同時に道真公には日本屈指の祟《たた》り神としての側面もおありで、インドのシヴァ神と習合《しゅうごう》されて「天満《てんま》大自《だいじ》在《ざい》天神」の神号を有する「火雷《からい》天神」、すなわち破壊の神としてはほとんど無敵に近い神様でもおありなのですが、ただ、そのように人として生まれて死後に神となられた菅原道真公の故事《こじ》とは別に、僕は夢野久作が10年掛かりでドグラ・マグラを執筆していた「夢久庵《むきゅうあん》」のあった杉山農園の所在地の謂《いわ》れと、我妻善逸の技の属性の関連性について興味をもっているのです。

W：杉山農園の所在地の謂れですと？　ハテ、夢野久作が普段、家族と共に起居《ききょ》しておった杉山農園といったら、何処《どこ》でしたかな？

I：杉山農園は現在の住所表記でいえば福岡県福岡市東区唐原《とうのはる》で、夢野久作の生前は福岡県糟屋《かすや》郡香椎《かしい》村大字唐原六百五拾四番地でした。夢野久作は脳溢血《のういっけつ》で客死した地こそ旅先の東京府でしたが、少年期の一時期と大学時代、それから流転《るてん》の放浪時代を除けば、生涯を福岡で暮らしています。特に成人後は、主に香椎の唐原に生活拠点を置きながら文筆に明け暮れていたのです。

W：それで、その香椎村の唐原と、我妻善逸の「雷の呼吸」には何か関係があるのですか？
I：ええ。この唐原の杉山農園は、山頂付近がいくつかに分かれていて見る方向によっては漢字の「山」の形ともなる立花山《たちばなやま》(6)の麓《ふもと》に位置していて、その広大な裾野《すその》の一画を開墾して誕生した農園が杉山農園だったのですよ。立花山といえば、ホラ、若林教授には、もう察しがお付きでしょう？
W：タチバナ山、立花山……立花⁉　……アッ‼　……ど、道雪《どうせつ》で御座いますか！
I：ご名答！　戦国時代、群雄割拠の九州の地で無敵を誇っていた、あの立花道雪です。
　若き日の夢野久作が父茂丸《しげまる》に命じられて広大な山野を切り拓き、文筆一本になってからは「夢久庵」を置いた地は、実は豊後《ぶんご》のバテレン大名・大友宗麟《そうりん》から筑前の支配を託されていた戦国武将・戸次鑑連《べっきあきつら》こと立花道雪の居城・立花山城の裾野に位置していたのですよ。
W：ナルホド……。夢野久作がドグラ・マグラ執筆の根城《ねじろ》としていた夢久庵は、立花道雪・宗茂《むねしげ》親子のかつての居城であった立花山城跡とは目と鼻の近さだったということですか……。
　これで合点がいきましたぞ！
I：……でしょう！　夢野久作は、立花道雪ゆかりの〝雷《かみなり》属性の聖地〟で大長編ドグラ・マグラを10年間書き続けていたのですよ。
W：立花道雪……。あの名刀「雷切《らいきり》」を手に、初陣《ういじん》以来、生涯三十七度の戦いの全てに勝ちをおさめ続けたといわれる、伝説のカミナリ武将で御座いますな！
I：流石《さすが》は若林教授、世に名の知れた立花宗茂の方ではなく、育ての親の立花道雪の方もご存知でしたとは……。僕の期待を裏切りませんね！
W：「道雪の方も」とは、何を仰います！　鬼道雪が肥後の国に攻め入って菊池義武を討《う》ち果たした際の猛将ぶりを私奴《わたくしめ》に語らせたならば、一晩では時間が足りませんぞ。
I：そんなにも熱烈な道雪愛好者《ファン》だったのですか、教授は……。
W：立花道雪といえば夏のある日、鍔《つば》に鳥の透《す》かしがあったことから「千鳥《ちどり》」と呼ばれていた名刀を片手に大木の下で微睡《まどろ》んでいたところに、突如として雷が落ちて来て、咄嗟《とっさ》にその雷を斬《き》ったという話は、あまりにも有名で御座いましたからなッ。
I：そうらしいですね。でもマア正直なところ、僕は「雷切」の話は物の本で最近読んで知っただけで、有名な話かどうかまでは記憶がないので分かりませんが……。
W：……そうなのですか。それでは私《わたくし》が少し解説をして差し上げましょう！　その落雷の際、道雪は稲妻の中に潜《ひそ》んでいた一匹の雷獣を、名刀千鳥で一刀のもとに斬り伏せたという伝説が残っているので御座います。以来、その刀は「雷切」と呼ばれるようになったという逸話は、大正時代に刀剣で乱舞していた愛好家たちの一部では有名な話だったので御座います。
I：そんな愛好家が、あの大正の世にいたとは……。僕に記憶がないのをいいことに、担《かつ》いでおられるのではありませんか、教授？　このまま教授の話を放っておくと……、「千鳥」や「雷切」という呼び名の電撃技を使う忍者の物語（『ＮＡＲＵＴＯ―ナルト―』のバッタもの）やら、はたまた、大樹の近くで落雷を受けた少年剣士が夢中遊行状態のまま摑《つか》んだ刀の一振りごとに霹靂《へきれき》の音を

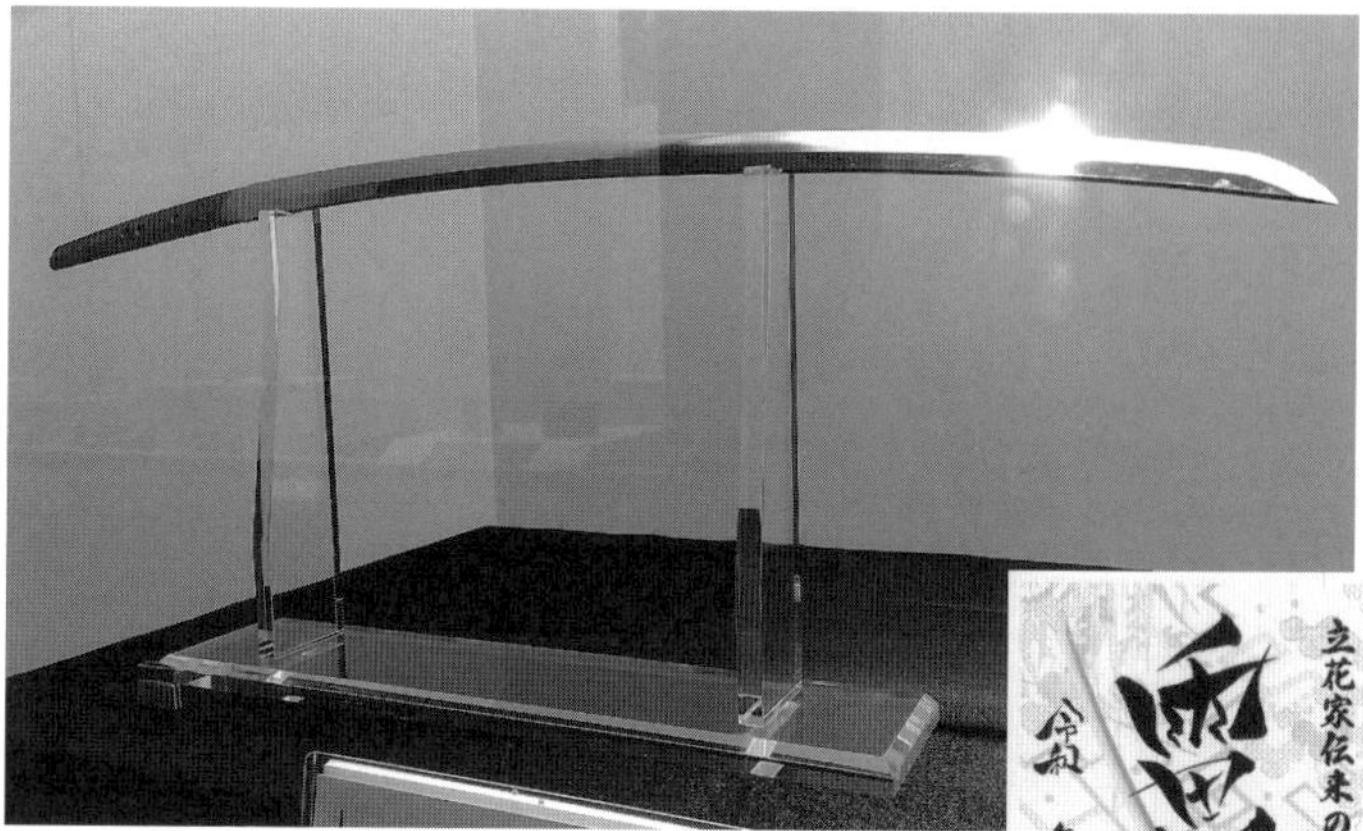

立花道雪の「雷切」

初代藩主宗茂の具足

雷切と立花家伝来武具

轟《とどろ》かせながら鬼退治をする物語（『鬼滅』のニセモノ）などの作り話が、大正時代の紙芝居の中から次々に飛び出してきそうで、記憶を失っている僕としては戦々恐々なのですが……。
W：何をラチも無い事をいっておられるのですかッ！　道真公の墓所《はかしょ》があるこの地では、大正時代には夏の夕立に紛《まぎ》れた雷獣の出現なんぞは日常茶飯事だったのですゾ！
　稲妻を纏《まと》った電気ネズミのような黄色い雷獣の他にも、例えば死期を悟った身の丈《たけ》八十一間《けん》（約147メートル）もある人魚が当たり前のように博多湾の浜辺に打ち上げられて供養《くよう》をしてもらったり、黄昏時《たそがれどき》ともなれば透明な塗壁《ヌリカベ》のような物の怪《け》がごく普通に街中の道に出没して「通せんぼ」などをしておったのです。……そうかと思えば傍《かたわ》らで、夕暮れの影が伸びる路地裏で遊ぶ博多っ子の女童《めわらべ》たちが「通りゃんせ」を口遊《くちずさ》みながらマザーグースの「倫敦《ロンドン》橋落ちた」にもよく似た「関所遊び」に興じている唄声が聞こえてきたりといったあんばいでして……。
　ただ、今の貴方様は不幸にも、そのような福岡県民にとっては一般常識だった日常の記憶の数々まで喪失してしまわれて、思い出せなくなっておられるだけなので御座いましょう……。
I：絶対、ウソですよね、ウソ。そんなことぐらいは記憶がなくても、皮膚感覚で分かりますよ。
W：………………。しかし、道雪は不運でしたなあ。
I：あっ、ハナシを変えた！
W：立花道雪は、この雷獣を斬り捨てた際の感電の後遺症がもとで、生涯、足を引きずる身となったので御座います。

I：ん～。これは前半部がウソで、後半は本当のハナシのような気がするなあ。

W：コホン……。足が不自由となった道雪ですが、その後の戦《いくさ》でも半身不自由なまま輿《こし》に乗って出陣しては武功《ぶこう》を立て続けて、生涯三十七度の戦いの全てに勝ちを収めてオリマス。ある合戦では足軽に輿《こし》を担《かつ》がせたまま敵陣に突っ込んで行き、疾走《しっそう》する輿の上から7人もの敵を斬り伏せたという記録も存在しておりまして、そのような道雪の鬼神《きじん》ぶりは遥か東国《とうごく》へも伝わり、甲斐《かい》の武田信玄が「道雪に一度、会ってみたい」と語ったという言い伝えなんぞも残っておるのですぞ！

I：ん～。このあたりの逸話はある程度はホントウのような気もするなあ……。

　そういえば、〝鬼殺隊最強の称号を貰《もら》った人〟と獪岳《かいがく》が語っていた元鳴柱《なりばしら》の桑島慈悟郎も、三十五歳の時の鬼との戦闘で右足に深傷《ふかで》を負ってからは、義足《ぎそく》姿で杖《つえ》を突いていましたっけネ……。

　それにしても「雷切」の謂《いわ》れといい、大正時代の刀剣乱舞といい、やけに刀剣についてはお詳《くわ》しいではありませんか。人体を切り刻む道具《エモノ》については、やはり熱く語られますねえ。

　流石《さすが》は解剖学教室の屍体《したい》台帳を改竄《かいざん》して、研究用として保管されていた身元の分からない少女の強直屍体《ごうちょくしたい》を切り刻んで、仮死状態で運ばれてきたモヨ子の体と入れ替えられた若林教授、といったところでしょうか？

W：…………………。

I：おや……？　先ほどまでは嬉々として「雷切」の由来を語っておられたのに、まるで雷にでも打たれたかのように急にダンマリですか？　やはり、ドグラ・マグラの中の「九州帝国大学、法医学教室、屍体解剖室内の奇怪事《きっかいじ》……大正十五年四月二十六日夜撮影――」のくだりについては、教授はあまり触れられたくないようなご様子ですね？
W：…………………………………。
I：まあ、イイでしょう。ここはイイとしておきましょうね。
……そんな感じで「雷の呼吸」の使い手・我妻善逸のみならず、デビュー前の『ＮＡＲＵＴＯ―ナルト―』の作者・岸本斉史《きしもとまさし》先生ともナニやら深い縁《えにし》がありそうな、香椎村の唐原《とうのはる》にまつわる「雷属性の聖地」についてのお話は、一旦このあたりで切り上げることに致しましょうかね、若林教授。

注解

（５）『ＮＡＲＵＴＯ―ナルト―』は、岸本斉史による日本の漫画作品。週刊少年ジャンプに１９９９年43号から２０１４年50号まで連載された。忍者同士が超常的な能力を駆使して戦いを繰り広げるバトルアクション漫画。
作中では、人気キャラの「うちはサスケ」が〝千鳥〟、「はたけカカシ」が〝雷切〟という名の電撃系の忍術を使う。陰の主人公ともいえる「うちはイタチ」が繰り出す〝月読《つくよみ》〟という忍術は、ほんの一瞬の間に何十時間分もの精神的ダメージを相手に負わせる幻術で、カカシがこれを受けた時は、ハリツケにされて72時間刀で刺され続ける錯覚をほんの一瞬で受けて病院送りにされている。また、同じく「うちはイタチ」が用いる〃イザナミ〃という忍術は、相手を「時の無限ループ」の中に閉じ込めて脱出不可能にする幻術である……といったぐあいに、ナニヤラ『ドグラ・マグラ』の設定やプロットを彷彿とさせる最強技が登場する。くわしくは本シリーズの一巻目（ドグラ・マグラの謎を解く…の巻）の第1章51頁の若林教授の説明を参照。

作中、主人公「うずまきナルト」の行きつけのラーメン屋として〃一楽ラーメン〃が登場し、大好物のみそチャーシューメンを食す場面が描写されるが、作者の岸本斉史は母校である九州産業大学芸術学部の近くに当時あったこの店の常連客だったという。

『キャッツ♥アイ』『シティーハンター』の北条司も卒業生である九州産業大学、略称「九産大」の最寄り駅は１９８９年３月11日（奇しくも久作の正命日）開業のＪＲ九産大前駅（福岡市東区唐原一丁目）である。夢野久作がドグラ・マグラを執筆した旧香椎村唐原の杉山農園・夢久庵跡は、西鉄貝塚線（旧・博多湾鉄道汽船、略称湾鉄）唐《とう》の原《はる》駅やＪＲ九産大前駅からほど近い場所にある。

（６）立花山は、福岡市東区、糟屋《かすや》郡新宮《しんぐう》町および久山《ひさやま》町にまたがる標高３６７メートルの山。七つほどの峰からなる山群で、うち三つの峰が海側から眺めると漢字の「山」型をしていることで知られる。戦国時代には山城があり、一番高い峰に本城を構え、他の峰々にも出城を配した「立花山城」が築かれていた。天正14年に戦端を開いた「立花山城の戦い」では、立花宗茂がわずか三千の手勢で籠城し、九州統一を目前にした薩摩軍（鬼島津《オニしまづ》）三万を撤退させた城としても名高い。

山肌は広く照葉樹林に覆われ、特に六合目から山頂近くまでの南東斜面は史前帰化植物であるクスノキの原生林で形成されている。山群全体でこれらのクスノキは数千本にのぼり、樹高30メートルを超える巨木も６００本ほどあるという。立花山のクスノキ原生林は世界のクスノキの分布の北限にあたるとされている。

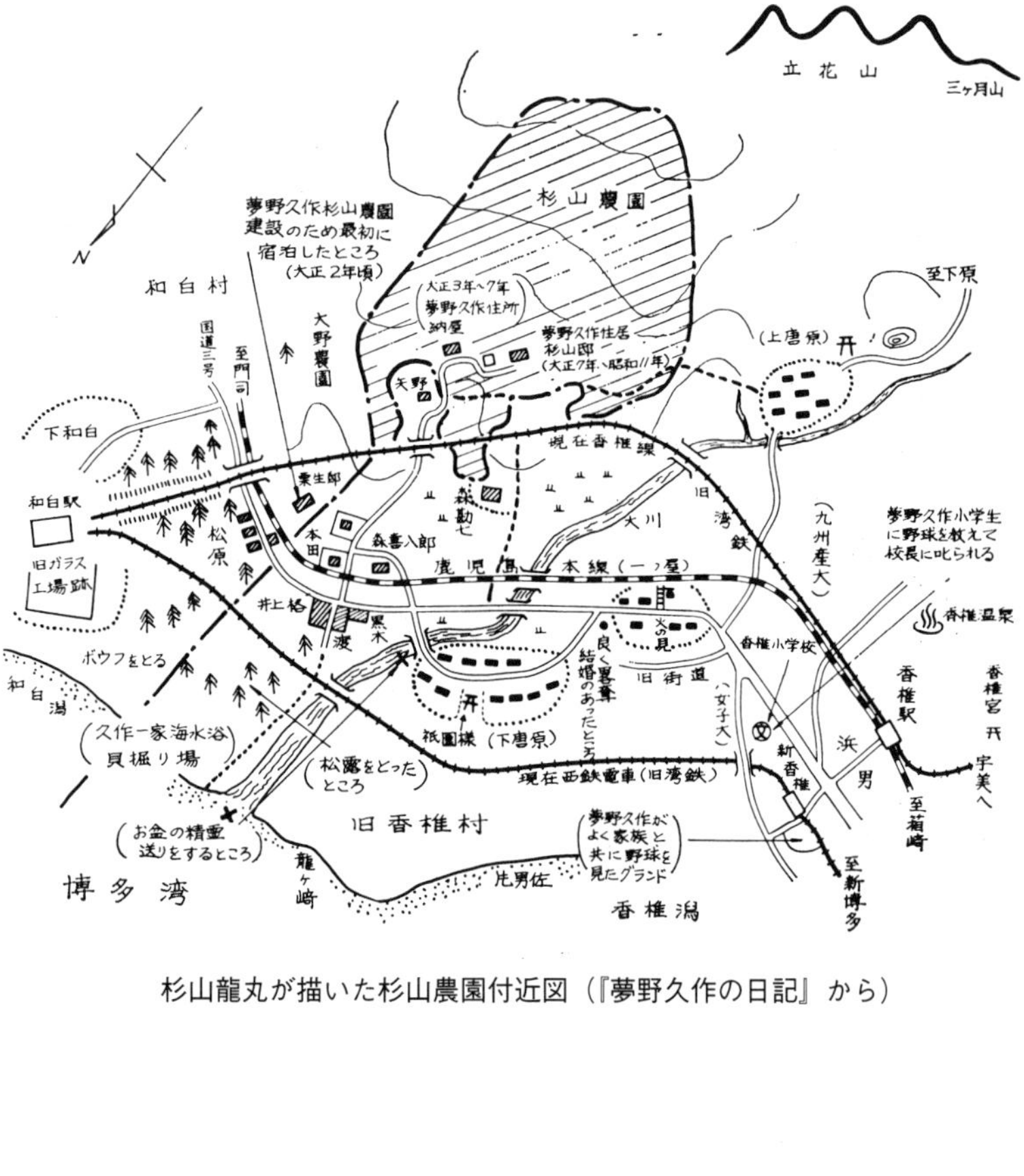

杉山龍丸が描いた杉山農園付近図（『夢野久作の日記』から）

嘴平伊之助

W：……コホン。話がナニやら横道に逸《そ》れ始めておるようで、本筋に戻しますぞ！

ここまで、炭治郎から善逸と、鬼滅キャラの謎解きを進めて参りましたが、この流れで行くと次は、自分の頭にイノシシの頭皮を被って「猪突猛進《ちょとつもうしん》!!」を連呼する嘴平伊之助《はしびらいのすけ》像の番ですな！

I：そうですね。順番としてはそうなりますね……。

W：さあ、どうぞ！　吾峠先生が造形された嘴平伊之助像にまつわる夢野作品の影と、それを貴方《あなた》様が卓越した推理眼で分析された結果を、この私奴《わたくしめ》にお示しくださいませ！

I：イヤー、それがチョットですねえ……。実は、僕は伊之助については、吾峠先生が炭治郎や呉一郎の「嗅覚《きゅうかく》」の特殊能力の延長線上に「触覚」のイメージをより具現化して誕生させたキャラクターだったのだろうな、といった程度にしか推理できていないのですよ。

W：そうですか。それはちょっと寂しゅう御座いますな……。それではせめて、夢野久作の作品の中にイノシシが登場するような物語などはないのですか？

Ｉ：まあ、あるにはありますが、とても短い作品で、あまりお勧め出来ないのですが……。
Ｗ：ほう、あるにはあるのですな。して、その作品の標題《タイトル》は？
Ｉ：「豚《ぶた》と猪《いのしし》」という掌編小説《ショートショート》の作品です。僕が読んだ物の本によると、最近ではショートショートのことをフラッシュ・フィクションと呼ぶようなこともあるそうですが、小説の中でも特に短い作品のことを指して、簡易的に〝短くて不思議な物語〟とされることもあるようです。
Ｗ：そんなに短いのですか、「豚と猪」という作品は。して、ソレはどの位の分量なので？
Ｉ：段落の１字下げやカッコを入れても、２７９字しかありません。本当に短い作品で、読み上げるのに一分とかからない作品ですよ。
Ｗ：……２７９字という文字数を知っておられるということは、さては暗記をしておられますな？ならば、どうぞこの場で朗読をして私奴にお聞かせ下さいませ。
Ｉ：まあ、朗読できなくはないですが、気が進まないなあ。僕は、この「豚と猪」という作品があまり好きではないのですよ……。どうしても今お聞きになりたいのですか、教授は。
Ｗ：ええ、是非お願い致します。
Ｉ：仕方ないなあ……。じゃあ、読み上げますよ……、

夢野久作　「豚と猪」

豚が猪に向って自慢をしました。

「私ぐらい結構な身分はない。食べる事から寝る事まですっかり人間に世話をして貰って、御馳走《ごちそう》はイヤと言う程たべるからこんなにふとっている。ひとと喧嘩《けんか》をしなくてもいいから牙《きば》なんぞは入り用がない。私とお前さんとは親類だそうだが、おなじ親類でもこんなに身分が違うものか」

猪はこれを聞くと笑いました。

「人間と言うものはただでいつまでも御馳走を食《く》わせて置くような親切なものじゃないよ。ひとの厄介《やっかい》になって威張るものは今にきっと罰が当るから見ておいで」

猪の言った事はとうとう本当になりました。豚は間もなく人間に殺されて食われてしまいました。

Ｗ：こ、これはソノ……。な、なんと読後の後味が悪い作品なのでしょう……。

Ｉ：でも、読み上げてしまったからには仕方がないので、コジツケ程度の推理で良ければ、『鬼滅の刃』の伊之助像との共通点を、この「豚と猪」に求めることも出来なくはありませんが……。

Ｗ：ああ、伊之助のお母さんの話ですか……。夫の暴力と姑《しゅうとめ》のイジメから逃がれて、生後まもない伊之助を抱《かか》えて、すでに鬼となっていた童磨《どうま》のインチキ宗教団体に駆け込んだ若い母親の琴葉《ことは》さん。

Ｉ：そうです……。この掌編《しょうへん》小説「豚と猪」の中に出てくる人間を「十二鬼月《きづき》・上弦《じょうげん》の弐《に》」の童磨に置き替えて、豚を万世極楽教《ばんせいごくらくきょう》の信者たちや伊之助の実の母・嘴平琴葉と見立てて読み解くと、僕はなんだか悲しい気持ちになってくるのです。だから、あまり推理をしたくはなかった……。『鬼滅の刃』10巻の番外編「伊之助御伽草子《おとぎぞうし》」で、吾峠先生は伊之助を野生のイノシシに育てられた人間の子供として設定しておられます。あるとき、親からはぐれた子イノシシ（？）が人里に迷い出てきて、少しボケの入ったおじいさんとその孫の、たかはるに拾われて人間として生活するようになった、と……。それから十数年たって成長した伊之助は、ひょんなことから鬼殺隊に入って炭治郎らとともに鬼狩りの闘いを行うことになる訳です。

物語の終盤（コミック18巻・第160話「重なる面影《おもかげ》・蘇《よみがえ》る記憶」）、童磨と直接対決した場面で、伊之助は自分の実の母親が相手に殺され喰われていたことを知ります。母親はその前に万世極楽教の何たるかを知って赤ん坊の伊之助を抱《だ》いてそこを逃げ出したのですが、童磨によって崖《がけ》の上に追い詰められた彼女は、我が子の命を救うために下の川に伊之助を放り投げていたのです。童磨との戦闘場面で水に落ちた伊之助に、その時の母の手の感触が蘇ってきたのですね……。まだ赤ん坊だった伊之助ですが、お母さんの手に抱かれていた時の温《ぬく》もりと幸福感を、イノシシのお母さんに拾われて育ててもらっていた時にも忘れず、必死になって憶《おぼ》えていたのだと思います。

W：…………。

I：呉一郎（僕）は、父の顔を知らず母ひとりの手で育ちました。三歳の頃まで母は一郎を連《つ》れて父を尋《たず》ね歩いていましたが、そのときの母の背の温もりをズット憶えていました。やがて何者かの手から逃《のが》れるように二人で東京の街を転々として、一郎が小学校に入学する直前に故郷にほど近い直方《のおがた》の町に落ち着きます。そこで中学を四年で卒業して福岡の高等学校に入学するのですが、二年の時に夜間、直方の家に侵入してきた怪魔人《かいまじん》によって目の前で母を殺されてしまいます。その悪夢としかいえない記憶から逃れるために、一郎はドグラ・マグラのラストのフラッシュバックの場面まで、その時の母の姿を心の中で封印して記憶を消していたのです……。

W：……ああ、貴方様は、ドグラ・マグラの最後の場面で直方事件に限らず、過去の記憶を次々と取り戻しておられましたからな……。

I：はい。母については例の……、

……ブ――――ン……

夥《おびただ》しい髪毛《かみのけ》を振り乱しつつ、下唇を血だらけにした千世子《ちよこ》の苦悶の表情が、ツイ鼻の先に現われたが、細紐《ほそひも》で首を締め上げられたまま、血走った眼を一パイに見開いて、私の顔をよくよく見定めると、一所懸命で何か云《い》おうとして唇をわななかす間もなく、悲し気に眼を閉じて涙をハラハラと流した。下唇《したくちびる》をギリギリと噛んだまま見る見るうちに青褪《あおざ》めて行くうちに、白い眼をすこしばかり見開いたと思うと、ガックリとあおむいた。

……という場面です。

W：……………………。

ドグラ・マグラの誕生

I……僕は、あのときまでズット、母・千世子《ちよこ》が殺される瞬間の記憶だけを丸二年間も心の奥底に封じ込めて、「限局性健忘」とでもいうような記憶障害を発症し続けていたのだと思います。ですが、正木博士によって解放治療を施《ほどこ》された結果、博士の死後一ヶ月目の、若林教授による第二ドグラ・マグラ実験の最後の最後の瞬間に心のトラウマの封印が解かれて、母が怪魔人によって絞殺されて死ぬ「今はの際《きわ》」を目撃していた記憶を取り戻すことができたのです。そうして、正木博士がいうところの「自白心理」に従って書き記した二回目の原稿「第二ドグラ・マグラ」こそ、いま読者の皆さんが手にされている夢野久作著『ドグラ・マグラ』とその内容が一致する「完全版ドグラ・マグラ」だったのです。

おそらく僕は、この「第二ドグラ・マグラ」の原稿を執筆し終えて、解放治療場で自分が犯した兇行《きょうこう》やその他、諸々《もろもろ》のショッキングな事件の真相に対しての「隠蔽《いんぺい》心理」を満たすために、再度、自我忘失症……つまり令和の世でいうところの「全般性健忘」の症状を呈する記憶喪失患者となったのでしょう。

結局、ドグラ・マグラの正体とは、僕の推理では、一ヶ月前の記憶をまるっきり喪失していたことに気付いた〝11月20日24時時点以降〟の「私」が、一ヶ月後の〝12月20日午前1時の眼醒め〟の瞬間には再度、記憶喪失症状を発症するであろうことを自《みずか》ら予見しつつ、「一ヶ月前の私が一ヶ月後の僕に対して出題した謎掛け物語《リドルストーリー》」だったのです。そのために、ドグラ・マグラは、書いた本人の呉一郎ならば、たとえ記憶を失っていてもギリギリすれすれで読み解けるように細心の注意を払って仕立てられた、極度に難解な、長い長い「大正15年11月20日の丸一日の記録」という形式をとった幻魔怪奇探偵小説《ウィザードリィ・リドルストーリー》だったのですよ。

「狂気を生むのは実は理性なのである」と英国の探偵小説作家ギルバート・K・チェスタートンが語っていますが、ドグラ・マグラの真の姿とは、この恐ろしいまでに研ぎ澄まされた「狂気の皮をかぶった理性的本性」にこそあると、これからドグラ・マグラに接することになる読者の方たちには認識を新たにしてもらえたら、ともいえるのでしょうがね。

この件に関しては、ドグラ・マグラの本文の中で若林教授が主人公に……、

貴方《あなた》が只今にも、過去の御記憶を回復されました後《のち》に……否《いな》……たとい過去の御記憶を思い出されませずとも、これから私が提供致します事実によって、単に貴方御自身のお名前を推定されましただけでもよろしい。その上で前後の事実を照合されましたならば、私の申します事が、

決して誇張でありませぬ事実を、御首肯《ごしゅこう》出来る事と信じます。……又……そう致しますのが、貴方御自身のお名前をホントウに思い出して頂く、最上の、最後の手段ではないかと、私は信じている次第で御座いますが……

と語り掛ける場面がありましたが、あの場面で夢野久作は読者にも謎解きの手順のヒントをそれとなく耳打ちしてくれていたのでしょうね。

W：……………。

I：それにしても、「解放治療」とはマッタク良く名付けたモノですよ……。「閉鎖病棟」の対義語は「開放病棟」ですからね。正木博士が自ら発案した治療法を〝開く〟という意味の「開放治療」ではなく、〝解《と》く〟という漢字を用いて「解放治療」と名付けられたのはですね、教授。この解放治療が患者を心的トラウマによる〝抑圧〟から〝解き放つ〟ことを目的とした治療法だったからなのでしょう？　……ホラ、日本語の「抑圧」の対義語は「解放」なのですから。

W：……………。

I：これまでドグラ・マグラの謎に挑んだ多くの読者さんたちが失敗を重ねてこられた原因の一つが、おそらくはこの点にあったのです。同音異義語が多い日本語の漢字の音の響きによって引き起こされる錯覚ですね。実際、夢野久作は言葉の幻魔術師《ロゴス・ウィザード》でもあったのですから。

W：…………………。

I：一般に閉鎖的な精神病院の病室にくらべて、正木博士が九大に開設された解放治療場があまりに開放的だったことから、同じようなカイホウという言葉の響きに皆が翻弄《ほんろう》されてしまったのでしょうね。もちろん、例の外道祭文《げどうさいもん》による強烈な仕込みの効果もあってのことでしょうが……。

W：…………。

I：そもそも昭和５年に標題《タイトル》を「ドグラ・マグラ」と決定する前に、夢野久作が改稿に改稿を重ねていた段階で最初に付けていた「狂人の解放治療」という言葉からして、いかにして〝心の抑圧を解放するか〟という作品のテーマに即した設定だったのです。ドグラ・マグラの起稿日とされる大正15年５月11日の久作の日記には「終日、精神生理学の原稿を書く。」というくだりがありましたよ。また、「探偵作家クラブ会報」１９５２年12月号に載った久作の妻・クラさんの回想に「夢野は、この作品を執筆致します為に、九州

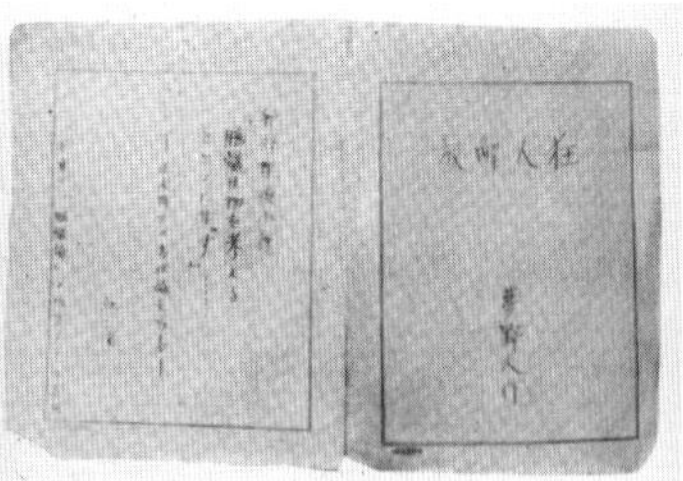

昭和４年、記者時代の夢野久作。九大医学部構内にて。上は「狂人の解放治療」の初期原稿

大学医学部精神科にまゐりましたことも度々《たびたび》で……」ともありました。
　これらのことから、ドグラ・マグラは当時の夢野久作が九州帝大精神科への取材で得ていた最先端の〝精神生理学の医学的智見《ちけん》〟をもとに書かれていたということが分かります。
W：………………。
I：マア、そういったことで、赤ん坊の頃に母と別れた伊之助が、その幽《かす》かな記憶を、母に抱《いだ》かれていたときの手の感触として心の奥底に秘めていて、それをずっと封印していたことが僕自身のことに重なって見えて辛《つら》かったので、あまり積極的には推理をしたくなかったのですよ。
W：左様で御座いましたか……。それは思いが到らず申し訳ないことをしましたな。
I：いいえ、あまり気になさらないで下さい、教授。僕がひとりで伊之助の境遇に想いを重ねて落ち込んでいただけなのですから……。
W：コホン……。それではここでひとつ、少し落ち込んでおられる貴方様のご気分の転換のために、伊之助と呉一郎に共通する大いなる美点を私奴《わたくしめ》が推理して御覧にいれることと致しましょう。
I：ハテ、なんでしょう？　母を失ったということ以外に、僕と彼との間に何か共通点がありましたっけ？
W：またまた〜。貴方様もすでにお気づきになっておられるはずでしょうに……。なにも、そんなに謙遜《けんそん》なさることはないのですよ。
I：………？

Ｗ：伊之助と共通する呉一郎の美点とは……、

Ｉ：………。

Ｗ：つまりは、貴方様のそのお顔です。

Ｉ：顔……。

Ｗ：母・琴葉《ことは》の顔とソックリな伊之助と同じように、貴方様も生前の母親の面影《おもかげ》をたたえた美しいお顔をされているではありませんか。その若々しく秀麗《しゅれい》な容貌《ようぼう》こそ、貴方様と伊之助の、美点ともいえる共通点なので御座います。……貴方様の眼鼻立ちは本当に、あの当時の千世子さんと瓜《うり》二つですからなあ……。

Ｉ：ああ、教授は学生時代に僕の母とお付き合いしておられたから、千世子の顔をよく憶えておられるのでしたね。そうですか、僕の顔はそんなに呉千世子に似ているのか……。

Ｗ：なにを惚《とぼ》けておられるのですか⁉　私《わたくし》がこちらの世界で眼醒めたあの日、一瞬とはいえ、貴方様とあの方とを見間違えてしまったほど似ておられるのですぞ。

それに記憶はおありで無くても、貴方様もドグラ・マグラをお読みになられたのであればご存知のはずですぞ。我が畏友《いゆう》正木先生が自《みずか》ら命を絶たれる前夜に筆を執《と》られた「空前絶後の遺言書――大正十五年十月十九日夜　――キチガイ博士手記」の中に収録されている呉一郎《あなた》の伯母《おば》さんの呉八代子《やよこ》の重要な証言《（こ）》の一節を、よもやお忘れになられたとはいわせませんぞ。

ここでそのくだりを読み上げてみますので、どうぞ黙ってお聞きなさいませ！

◆**第二参考**　呉一郎伯母八代子の談話

▼同所同時刻に於《お》て、呉一郎が外出後――

――まったく何もかも夢のようで御座います。一郎《あれ》は私の妹の子に相違《ちがい》御座いません。眼鼻立ちが母親に生きうつしで、声までが私共の父親にそっくりで御座います。

――ずっと古い昔の事は存じませぬが、私の家は代々姪《めい》の浜《はま》で農業を致しておりました。私共姉妹《きょうだい》は母に早く別れましたが、父も私が十九の年の正月に亡くなりましたので、家の血統《ちすじ》は私と、この妹（位牌《いはい》をかえり見て）の千世子と二人切りになってしまいました。〈後略〉

I：何も、こんな場面まで憶えておられなくても良かったのに……。やはり、「迷宮破り」の若林教授の観察眼は誤魔化せないですね……。

W：貴方様も、見ようによっては伊之助と同じように女性のように美しいお顔をなさっておられるのですから、福岡の吉原と称された新柳町にでも出てアルバイトで女装されていたら、夢野久作の遺作『名娼満月』のヒロインにも負けない花形の花魁《おいらん》に化けられたこと請け合いで御座いますよ！

I：それって、誉《ほ》めておられるんですかね？　……でも、有難うございます。なんとなく励ましてくださってるってことは皮膚感覚で感じ取れましたよ、若林教授。

W：アハアハアハ……。

注解

（7）ここでWは、呉一郎の容貌に係わる一節を『ドグラ・マグラ』本文より引用して読み上げているが、このくだりについてもう少し詳しく述べておく。ここは呉一郎が被疑者となった直方事件についての調査書類からの抜粋記録の一部である。

〝心理遺伝論附録／各種実例〟と見出しが付けられたこの〝附録〟部分は、もともとは直方と姪浜で発生した二件の殺傷事件について司法当局から捜査協力を依頼された若林鏡太郎が作成したものである。その調査書の原本を若林から正木敬之が預かっていたものだった。その一部がここに引用されている訳だが、その分量は松柏館書店版『ドグラ・マグラ』初版で97頁分、全739頁の本文の一割以上にも及ぶ。この〝附録〟について、夢野久作は引用の前に正木博士の口を借りて次のように述べている。

実はこの抜萃《ばっすい》記録は吾輩の「心理遺伝論」の中に挿入しようと思っていたものであるが、そんな論文の原稿は最前すっかり焼棄《やきす》てたけれども、特にこの一部だけは残しておいたものだ。諸君は今迄《いままで》吾輩が説明したところによって、現在天晴《あっぱ》れの精神科学者を兼ねた名探偵となって御座るわけだから、その力でこの記録を読んで行《ゆ》かれたならば、徹底的にこの事件の真相を看破して、ギャフンとまいる位の事は、何の雑作もあるまいと思う。

……この事件は如何《いか》なる心理遺伝の爆発に依《よっ》て生じたものか？　その心理遺伝を故意に爆発さ

せた者が居《い》るか居ないか。又、居るとすればどこに居るか。そうしてこの事件に対する若林と吾輩の態度はこの事件の解決に対して、如何なる暗示を投げかけているか……という風にね。併《ただ》し、よっぽど緊《しっか》りと褌《ふんどし》を締めてかからないと駄目だよ……なぞと脅かしておいて、その間に吾輩は悠々とスコッチを呷《あお》り、ハバナを燻《くゆら》そうという寸法だ……ハハン………。

正木の言葉を長々と引用したが、はじめの傍線部で正木は「特にこの一部だけは残しておいた」と語り、次で「精神科学者を兼ねた名探偵」として、その力でこの記録を読んでいけ、と語っている。言い換えれば、サイコ・ミステリーの観点から『ドグラ・マグラ』を読んで真相に迫ってくれと、作者の夢野久作が読み手の背中を押していると理解できるのである。

なお、ここでいうサイコ・ミステリーとは、異常心理の人物の犯罪を描く推理小説や、殺人現場に残された資料から心理学的、精神医学的な手法で犯人の人物像を推定し、逮捕に追い込んでいく推理小説などを指す。

少女《をとめ》の竹

I：……おやっ⁉　今、誰かが部屋の前をあたふたと通り過ぎていきませんでしたか？
W：ええ、確かに耳に致しました、この部屋の前の廊下を小走りに急ぐ複数の足音を。
………そういううちに、何と申しますか、ソノ……隣りの部屋の壁の向う側から、何かを懸命に訴えている若い女の微《かす》かな声と、それとはまた別の新しい物音が聞こえ初めておるようなあんばいでして……。
I：それは平手かコブシかわからないが生身《なまみ》の柔らかい手で、コンクリートの壁をポトポトとたたくような、そんな振動音ではありませんかね？　なんだか怖いな〜。
W：どうやら看護婦らがその患者が発する声というか物騒《ぶっそう》な音を聞きつけて、慌てて隣室の扉《ドア》を押し開いておる様子ですな〜。
I：ということは、隣りの興奮気味の患者さんが落ち着いたら、看護婦さんがこちらの七号室もついでに覗《のぞ》きに来てもオカシクはない……という事態なのではありますまいか。マズイな〜、それは！

W：……ですが逆に考えれば、隣りの六号室の騒ぎが治まるまでは、我々にはまだ少し時間があるということでは御座いませんかな？

I：まあ、ソレはそうなんでしょうが、その患者さんがスグに落ち着くかも知れませんし……。そうなったらあまり時間はないかも知れませんよ、教授。まだ何か僕にご質問がおありだったら、どうぞ簡潔にお願いしますね！

W：畏《かしこ》まりました。では早速ですが、実は『鬼滅の刃』に関連して貴方様のご意見をお尋ねしてみたいと思いながら、ついつい聞きそびれていた疑問が一つあるのですが……。

I：何でしょうか？　すぐにお答えできるような簡単なレベルのものだったら良いのですが。

W：それは他でもありません。鬼滅の読者ならば誰もが一度は頭をよぎったに相違ない素朴な疑問では御座いますが、そもそも竈門《かまど》禰豆子《ねずこ》は何故《なにゆえ》に竹なんぞを口に咥《くわ》えておるのでしょうか？　一応、鬼滅ファンの間で広まっている尤《もっと》もらしい理屈としては、鬼になった禰豆子が人間を襲ったり喰ったりするのを防ぐための口枷《くちかせ》として、コミック1巻・第1話「残酷」で冨岡《とみおか》義勇《ぎゆう》が咥えさせたということになってはおります。しかしコミック10巻・第83話「変貌《へんぼう》」の中での堕姫《だき》との戦いの際には、鬼化した禰豆子がアッサリと竹の口枷を牙《きば》で噛み砕いておりましたので、そのような解釈では気休めにもならぬ訳でありまして……。これは鋼鉄製の口枷ではなく、素材として敢えて竹を選んでおった理由が、ナニかしら吾峠呼世晴先生の胸中にはおありだったのではなかろうかと私奴《わたくしめ》なぞは睨《にら》んでおるのですが、生憎《あいにく》な事にそのナニかが何なのか皆目見当がつかないので御座います。

I：ナルホド。禰豆子の竹の件《けん》でしたか……。それなら、僕なりの謎解きでよろしければ推理済みですから、すぐにお答えすることが出来ますよ、教授。

W：オオ、既に謎解きをお済ませとは！　流石《さすが》、期待を裏切りませんな。

I：その教授の疑問を解決する近道は、まずは禰豆子が咥えている竹の品種を特定するところから推理を始めれば良いのですよ。

W：……竹の品種？

I：そうです。それでは突然ですが、ここで若林教授に「鬼滅クイズ」ですッ!!

　禰豆子がいつも口に咥えている竹の種類は、次の三つのうちどれでしょう？

　A・真竹《まだけ》、B・淡竹《はちく》(8)、C・孟宗竹《もうそうちく》

W：ウーム、難しいクイズですなあ。たしか日本国内で最も多く生い茂っておる竹の品種は真竹だったはずですから、竹の勢力圏の確率からすれば、Aの真竹ということになるのでしょうか？

I：ああ……。大正時代の常識しかお持ち合わせでない教授は、まだ御存知ではなかったのですね。真竹の竹林は、１９６０年代に約１２０年ぶりに日本全国で竹の花が一斉《いっせい》に集団開花すると、そのまま寿命が尽きて国内の真竹林の三分の一が一気に枯死《こし》してしまい、今では孟宗竹と勢力関係が逆転してしまっているのですよ。真竹林は基本的にすべて地下茎で繋がった同一個体で、しかも国内の真竹の多くが遺伝的に均一なクローンのような存在であったために〝一斉開花枯死〟を引き起こす事態となってしまったようなのです。
W：令和時代の竹の勢力圏がどのようになっているかは存じませぬが、『鬼滅の刃』は大正時代が舞台なのですから、当時最も茂っておったのは枯死する前の真竹の方で、この場合はやはり正解なのでは御座いませんか？
I：残念ながら、禰豆子の竹は真竹ではありません。したがって、教授の仰《おっしゃ》る竹の勢力圏からのアプローチは、この場合は無効なのですよ。
吾峠呼世晴先生は、その謎解きのヒントの意味も込めて『鬼滅の刃』の第1話「残酷」の一コマ目から雪を降らせてくれていたのですよ。人里はなれた山奥の一軒家だった炭治郎と禰豆子兄妹《きょうだい》が生まれ育った竈門家やその周囲の山々には、大量の雪が降り積もっていたでしょう？　実はアレがヒントとなっていたのです。……というのも、先ほどのクイズの三つの選択肢のなかで、最も強い耐寒性を有する竹の品種こそが、ナニを隠そう禰豆子の口許を覆《おお》っていた竹の正体なのですから。
W：……ということは、寒さに強い淡竹《はちく》だったのですか、あの竹の品種は。
I：はい。その通りです！
W：イヤ、イヤ……。いくらなんでも雪のシーンぐらいでは断定できないのではないでしょうか？真竹も孟宗竹も多少の雪くらいなら普通に耐えられるのですから……。それに、淡竹は国内の竹の中では三番目に多い品種とはいえ、如何《いかん》せん数量的な確率からいえば三番手でありますから、むしろ不正解である確率の方が高いのでは御座いませんかな。

Ｉ：いいえ、あの竹は淡竹で間違いありませんよ、教授。それは竹の直径からもハッキリと断言できることなのです。竹はその筍《たけのこ》の大きさによって成長後の茎《くき》にあたる竹稈《ちくかん》の太さが決まるのですが、真竹の竹稈の太さは直径５～15センチで、孟宗竹は８～20センチです。一方、淡竹の竹稈の直径は３～10センチ程度です。禰豆子の小振りな顔立ちからも、冨岡義勇が口枷《くちかせ》として用いたのは最小直径３センチ程度の淡竹だったということが容易に推理できるのです。

Ｗ：そうだったのですか……。ということは、真竹で禰豆子のコスプレをしようとすると、平均直径10センチの竹を咥えさせねばならなかった訳ですか……。たしかに身長が１５０センチしかない禰豆子の小振りの顔には、真竹ではチョット太すぎますなあ。

それでは、竹の種類は淡竹に特定できるとして、吾峠先生は何故、わざわざ淡竹で禰豆子の口を塞《ふさ》いだのでしょうか？

Ｉ：ハイ。その答えこそが、吾峠呼世晴ことワニ先生の自白心理の現れなのですよ、若林教授。この淡竹こそ、実は禰豆子のモデルの謎解きに通じる一種の持物《じぶつ》、アトリビュートとして機能しているのですから。

Ｗ：持物、アトリビュート？　西洋の絵画や彫刻などで、神あるいは人物の役目や資格などを表すシンボルとして広く描かれているという、あのアトリビュート？

Ｉ：そうです。聖母マリアのアトリビュートとしては「白百合」を描いて乙女の純潔を、聖母に跪《ひざまず》く「一角獣《ユニコーン》」は処女性の象徴を、「赤い服」は神の慈愛と祝福を、「青色のマント」は雲一つない晴れた空の意から真実を象徴する……といったぐあいのアレです。他にも、使徒ペトロの持つ鍵や司教杖、聖ヒエロニムスのライオンや赤い帽子、洗礼者ヨハネの斧《おの》とラクダの皮衣《かわごろも》などが、有名なアトリビュートとして知られています。
W：貴方様は今、「禰豆子のモデルの謎解きに通じる一種の持物、アトリビュート」と仰《おっしゃ》いましたが、我々の推理では竈門禰豆子のモデルは呉モヨ子様なのだと推断済みなのですぞ。いったい何処《どこ》をどう推理すれば、そのモヨ子様の象徴として淡竹が持物《アトリビュート》として機能してくるのですか？ どうも、その辺《あた》りが私には理解できないのですが……。
I：それは、淡竹の異称さえ知っていればすぐにピンと来る謎解きなのですけど……。若林教授はよもや、淡竹の古名《こめい》をご存知《ぞんじ》ではないので？
W：はあ、生憎《あいにく》と……。
I：それは、残念！ この竹は紫式部《むらさきしきぶ》の源氏物語《げんじものがたり》にも出てくるくらいに、我が国では古くから名の通った竹だというのに、あろうことか若林教授がご存知でなかったとは⁉ 炎柱《えんばしら》の煉獄杏寿郎《れんごくきょうじゅろう》さんじゃないですが、よもやよもやだ！ 教授にしては、不甲斐ない‼
W：……コホン。源氏物語ならば全五十四帖《じょう》（巻）をその筋書き《プロット》くらいなら、ある程度までは憶えております。どの辺りで御座いましたかな、その淡竹の古名が登場してくるというくだりは？
I：「少女《をとめ》」の中の一場面です。
W：「少女」……。確か源氏物語の中程あたりでしたな。では、二十四帖くらいでしたかな？

Ｉ：二十四帖は、蟲柱《むしばしら》さんや花柱《はなばしら》のカナエさんの姓《せい》と同じ「胡蝶《こちょう》」です。それよりは前です。
Ｗ：では、二十三帖目で？
Ｉ：二十三帖は、ボーカロイドの初音《はつね》ミクの苗字《みょうじ》と同じ「初音」ですよ。初音ミクも、おそらくはそのルーツは源氏物語の二十三帖にあるのでしょうが、「少女」はまだ前です。
Ｗ：ならば二十二帖？
Ｉ：二十二帖は、夕顔《ゆうがお》の一人娘で筑紫《ちくし》（福岡県の大宰府）育ちの美少女・玉鬘《たまかずら》が登場してくる「玉鬘」！　当てずっぽうだな〜。「少女」は、その一つ前ですよ、教授。
Ｗ：……ということは、二十一帖で御座いましたか……。主人公の光源氏が二条院から移った先の六条院で今世《いまよ》の春を謳歌《おうか》していたくだりが載《の》っておった「少女」は！　話の筋はシッカリと憶えておったのですが、何帖目だったかをウッカリと失念しておりました。
　たしか、光源氏が複数の妻たちのために築いた広さが四町もある寝殿造《しんでんづくり》の邸宅でしたかな、六条院は。そこは四季になぞらえて一町ごとに四つのエリアに分れており、辰巳《たつみ》（南東）の町が春、丑寅《うしとら》（北東）の町が夏、未申《ひつじさる》（南西）の町が秋、戌亥《いぬゐ》（北西）の町が冬に見立てられて、まるで浦島太郎のお話に出てくる竜宮城の四方四季の庭のような造りだったと……。
Ｉ：そうそう……。春の町には源氏と紫の上や明石《あかし》の姫君が住まい、夏の町には花散里《はなちるさと》と夕霧が、秋の町には秋好中宮《あきこのむちゅうぐう》、冬の町には明石の御方《おんかた》がそれぞれ住まわれていたのですが、この中の夏の町のお庭に、その淡竹は植えられていたのです。そして源氏の二十一帖にはこの淡竹の古名が明記されているのですよ。
W：夏の町ということは、丑寅（北東）の町。つまり、奇《く》しくも鬼が侵入してくるとされる鬼門《きもん》の方角に位置する邸宅の庭だったのですか、禰豆子が咥えている竹が植えられておったのは！
I：そういうことです。僕が「少女」の中から該当する箇所をチョット諳《そら》じてみますので、どうぞ耳を澄ませてお聴き下さいな……。

北の東《ひむがし》は、涼しげなる泉ありて、夏の蔭《かげ》によれり。前近き前栽《せんざい》、呉竹《くれたけ》、下風《したかぜ》涼しかるべく、木《こ》高《だか》き森のやうなる木《き》ども木深《こぶか》くおもしろく、山里めきて、卯花《うのはな》の垣根《かきね》ことさらにしわたして、昔おぼゆる花橘《はなたちばな》、撫子《なでしこ》、薔薇《さうび》、くたになどやうの花のくさぐさを植ゑて、春秋の木草《こぐさ》、その中にうちまぜたり。

W：クレタケ……。淡竹《はちく》の古名は呉竹《くれたけ》というのですか！
I：そうです。吾峠呼世晴先生は竈門禰豆子の口許《くちもと》に持物《じぶつ》、アトリビュートとしての淡竹……、つまり呉竹を食《は》ませることで、先生が禰豆子のモデルとされたにちがいない少女が呉モヨ子であったことを暗示しておられたのですよ、タブン……。しかも、禰豆子は第1話の初っ端《しょぱな》から鬼になっており、鬼滅の物語の中では言葉を発することが叶《かな》わなくなる訳ですが、このような過酷な設定なども、深読みすればモヨ子の姓を暗示する呉竹で口封じされて以来、禰豆子はその名を語ることを作者によって固く禁じられていたのだと読み解くこともできる訳です。
　この辺りも、呉一郎《ぼく》が「お兄さま」であること以外、自分の名前さえも思い出せないと若林教授に語っていた呉モヨ子の設定と、何やら重なるでしょう？
W：……フーム。「鳴く蝉《せみ》よりも、鳴かぬ蛍《ほたる》が身を焦《こ》がす」という少女心《おとめごころ》で御座いますか。
I：もっとも、そんな一途《いちず》で健気《けなげ》なモヨ子の嘘も、当時の若林教授はとっくに見破って学術実験のために敢えて素知らぬ顔をして泳がせておられたのでしょうが……。
W：サテ、どうで御座いましょうな………。
　マア、そんな昔の話はともかくとして、『鬼滅の刃』は100年近く前の『ドグラ・マグラ』どころか、１０００年前の『源氏物語』の系譜さえも密《ひそ》かに踏襲《とうしゅう》しておったのですか、驚きましたなあ。吾峠先生の博識ぶりには、私奴はただただ兜《シャッポ》を脱ぐばかりで御座います。『劇場版 鬼滅の刃 無限列車編』が公開10日目で興収１００億円を楽々と超えてみせたのも、鬼滅の刃が密かに忍ばせておった日本文化の長い歴史に鑑《かんが》みれば、「成程、然《さ》も有りなん！」と膝《ひざ》を打つべきことだったのでしょうなあ……。
I：マックのところ、新型コロナウイルスの悪影響をモノともしなかった、この鬼滅の映画のスタートダッシュのような状況を指して淡竹……じゃなかった、破竹《はちく》の勢い(9)というのでしょうね。
W：まさに、まさに！「刃《じん》を迎えて解く(10)」という諺《ことわざ》と同じ意味でしたからな、「破竹の勢い」という言葉は!!　一時は閉館しかかっておったらしい各地の映画館も鬼滅の封切りで息を吹き返したといわれておりますからなあ……。この勢いで客足が伸び続けていって欲しいですなー。
I：ホントに、そうなって欲しいですね、僕も。
あ、そうそう……。看護婦さんが来ないうちにコッソリとお伝えしておきますが、呉モヨ子には、現実の世界にもモデルの女性がいたようでしてネ。その娘は名前をミヨ子っていうんですよ。僕の調査で分かったのですが、先の杉山家の系譜図からは消えている少女で、杉山美代子っていう……。
W：スギヤマ……ミヨ子……。

注解

（8）呉竹の異称を持つ淡竹は、葉の付き方が他の品種の竹に比べてまばらで涼し気。節は2輪状で、高さは10メートル程に成長する。『鬼滅の刃』では禰豆子の口許の竹のほかにも、炭治郎の弟の名が竹雄であったり、コミック全23巻のそれぞれの目次ページには全て、3本の竹のシルエットがあしらわれていたりで、作者の吾峠先生には竹に強い思い入れがあった様子が窺い知れる。

（9）「晋書《しんじょ》（杜《と》預《よ》伝《でん》）」（竹を割る時に、初めの数節を切り割れば、後は刃を迎えるようにたやすく

割れることから）勢いに乗じ、労しないで敵を破ることのたとえ。破竹の勢いである。〈広辞苑より〉
（10）［晋書・杜預伝］迎レ刃而解（じんをむかえてとく）竹がやいばの進むにつれて、簡単に割れていく。物事がすらすらと解決するたとえ。〈角川　新字源より〉

なお、本シリーズの一巻目（ドグラ・マグラの謎を解く…の巻）の第1章の標題「鬼滅の刃を迎えて解く」は、この中国古典の名言に掛けてみたものでした（赤面《せきめん》）。

モヨ子とミヨ子

W：スギヤマ…ミヨ子……ですと？　系譜図にも載っておらぬそのような娘さんの名前を、貴方様はイッタイ何処《どこ》から捜してこられたのですか？

I：『夢野久作の日記』の末尾に「資料」として収載《しゅうさい》されている久作の生家・杉山家の戸籍謄本《とうほん》を一から調べ直してみて発見しました。その謄本はどうやら、久作の岳父《がくふ》が他界された翌日に埋火葬許可証の交付申請と郵便局長の職務継承などの入り用で香椎《かしい》村役場から取り寄せたものだったようです。

旧字体の手書きで書かれたその謄本によると、美代子さんはもともと久作のイトコでしたが、満の17歳で杉山茂丸・幾茂《いくも》夫妻の養女として迎えられ、久作の義妹《ぎまい》となられた方です。

W：では、久作のイトコで義妹になられたというそのミヨ子さんが、呉一郎のイトコで義妹となったモヨ子様のモデルだったという訳なのですか。ウームウム、これ程までの類似性に今まで誰も気付かなかったとは、にわかには信じられませんな。旧字体の漢字や仮名を毛嫌いする戦後世代が、この『夢野久作の日記』をオソラク誰もマトモに読もうとしなかったということですかな？
　それでは、その娘さんの親の名は？
Ｉ：美代子の実母の名は旧姓、杉山薫《かおる》。久作の父・茂丸の異母妹です。ホラ、能の稽古《けいこ》のために幼い久作《トントン》の手を引いて住吉の家から薬院中庄[11]の梅津《うめづ》只圓《しえん》邸にかよっていた、あの〝杉山のシャンシャン〟ですよ。少女時代から幼い頃の夢野久作こと直樹少年と苦楽をともにしてきた薫が年頃になって安田の家に嫁《とつ》いで、久作のイトコにあたる美しい娘たちを産んでいたのです。
Ｗ：娘たち？　ということはミヨ子さんには姉妹《きょうだい》がおられるのですか、何人姉妹だったので？
Ｉ：杉山家の系譜図〈26頁参照〉では三人となっていますが、実際には四人だったはずです。その図では安田家に嫁いだ薫には三人の娘がいて末娘の三女が君子《きみこ》となっていますが、僕の調べでは美代子が三女とわかったので君子は四女となります。
Ｗ：ああ、例の『瓶詰《びんづめ》の地獄』のヒロイン・市川アヤ子のモデルでしたかな、君子は？　たしか少女時代に久作のことを「直樹おにいさま」と呼んでおられたという、喜多《きた》君子さんですな……。
Ｉ：そうそう。そして、母親の薫の方は江戸川乱歩が大絶讃した『押絵の奇蹟』のモデルとなった女性として有名な方です。
Ｗ：つまり、モヨ子様のモデルのミヨ子さんは『押絵の奇蹟』のモデルが産んだ娘で、『瓶詰の地獄』のモデルの姉だと、そのような親子・姉妹関係になられる訳で？
　夢野ヒロインたちの相関関係でいえば、「ドグラ・マグラのモヨ子」は「押絵の娘」で、「瓶詰の姉」ということに？　なにやら安田の女性たちばかりが詰まった、チョットした〝瓶詰の地獄《パラダイス》〟になっておりますな、これらの夢野作品は。

Ｉ：僕の推理では、『一足《ひとあし》お先に』の主人公の妹・新東《しんとう》美代子も、そのものズバリ、杉山美代子さんがモデルだと思いますよ。あの作品も病院を舞台としており、『ドグラ・マグラ』と同じように「夢中遊行《むちゅうゆぎょう》」がテーマの小説でしたから。

Ｗ：……ということは、モヨ子様と新東美代子の両人は、久作の義妹の杉山ミヨ子さんの依《よ》り代《しろ》であり化身《けしん》！　ならば、さぞや安田家の女性たちは美しかったのでしょうなあ。そのミヨ子という名の娘さんの写真などは残ってないのですか？　できれば私も一目、その御尊顔《ごそんがん》を拝してみたいのですが……。

Ｉ：探した限りでは一枚もありませんでしたけど、美代子や君子とはきょうだいで安田勝實・薫の一人息子だった勝《まさる》の写真[12]なら『夢野久作の日記』の巻頭の口絵ページの中にありましたよ。チョット本棚から取って御覧《ごらん》になりますか？　……ホラ、この夢Ｑとツーショットで写っている、大層ハンサムな青年が安田勝さんです。ハイ、どう

昭和10年、夢野久作と安田勝

ぞ、教授！

W：オオ……。この美しい顔立ちのモボがそうですか！　ひょっとすると、この美青年の若々しく秀麗《しゅうれい》な容貌《ようぼう》が呉一郎や市川太郎、それから中村半次郎[13]のモデルだったのかもしれませんなあ〜。イロイロと想像を掻《か》き立てられますなあ、このツーショット写真からは。

I：『夢野久作の日記』を読むと、大正15年3月13日には「ミヨ子の墓にまゐる」[14]とあり、同日に「榊《さかき》博士訪問」との記述がありましたから、夢Qは世界最高難度の長編探偵小説と自負していた『ドグラ・マグラ』の中で、若い身空《みそら》で世を去った妹の美代子を永遠の存在にしてやりたかったのでしょうね。ヤッパリ、優しいなあ、久作は。

　なお、この日記に登場する「榊博士」とは九州帝国大学医学部精神病学教室の初代教授・榊保三《さかきやすさぶ》郎《ろう》博士のことです。久作は美代子を自分の作品の中で蘇らせるために、彼女の墓参りの帰りにでも榊博士のもとを訪ねて、『ドグラ・マグラ』の構想についてあれやこれやと相談をしていたのでしょうね。この美代子の墓参りの2ヶ月後にプロの作家となって最初にペンを執《と》った小説が、『ドグラ・マグラ』の旧稿、つまり、彼《か》の「狂人の解放治療」だったのですから。

W：ミヨ子の墓参りですと？　大正15年にはもう他界しておられたのですか、ミヨ子さんは。

I：そうなのです。美人薄命っていうヤツなんでしょうかねえ。明治35（１９０２）年2月9日生まれの美代子は娘盛りの満17歳で久作の義妹になると、その1年と1ヶ月後には満19歳の若さでこの世を去っていたのです。そのように若くして逝《い》った不憫《ふびん》な妹を、久作は自分の作品の中で供養《くよう》してやりたかったのだろうと、僕にはおもえるのです。
W：それでデスか、ドグラ・マグラの物語の中で、モヨ子様が一度亡くなった後に、奇蹟的に蘇生《そせい》を果たして命を長らえておられた訳は……。要はミヨ子さんの代わりに〝ヨミ返り〟をしておられた訳ですな、モヨ子様は。
I：ええ。夢野久作は杉山美代子を、自分の小説の中でモヨ子を依《よ》り代《しろ》として黄泉返《よみがえ》らせたのでしょうよ。まるで、『牡丹亭還魂記《ぼたんていかんこんき》』[15]のヒロイン・杜麗娘《とれいじょう》のようにね。さながら、この僕・呉一郎は科挙《かきょ》の試験にパスするまで相手の父親からズット拷問《ごうもん》を受け続けた牡丹亭の主人公・柳夢梅《りゅうむばい》といった役どころですよ。
W：牡丹亭還魂記……。たしか、支那《シナ》のシェイクスピアと評される明代の戯曲家、湯顕祖《とうけんそ》の作品でしたな。
I：ええ。『ドグラ・マグラ』の中に、呉青秀《ごせいしゅう》が皇帝から「黛女《たいじょ》を賜《たま》う」という辺りまでを詳しく記した「牡丹亭秘史《ぼたんていひし》」という小説が出てきていたでしょう？　実は、『ドグラ・マグラ』の物語終焉後のプロットについての謎解きの鍵が、あの「秘史」の元ネタかに見えるように配された『牡丹亭還魂記』の中に隠されていたのです。つまり、牡丹亭の柳夢梅が科挙の試験にパスして、お墓から蘇った愛する杜麗娘と結ばれたように、学術実験の難関を突破して記憶を回復した呉一郎が愛するモヨ子と結ばれるという運命が「秘史」という付け足しの言葉の中に、それこそ秘められていたって訳なんですよ。

ううっ、ココロニクイな〜、久作も。……というか、誰が気付くっていうのでしょうかね、こんな手の込んだ伏線に？

Ｗ：ああ、正木先生が、ウイスキーの匂いのする吐息《といき》を漏らしながら……、

「……ゲップ……ウ――イイ……と、そこでだ。そこで大唐の玄宗《げんそう》皇帝というと今からちょうど一千一百年ばかり前の話だがね。その玄宗皇帝の御代《みよ》も終りに近い、天宝十四年に、安禄山《あんろくざん》という奴が謀反《むほん》を起したんだが、その翌年の正月に安禄山は僭号《せんごう》をして、六月、賊《ぞく》、関《かん》に入《い》る、帝出奔《みかどしゅっぽん》して馬嵬《ばかい》に薨《こう》ず。楊国忠《ようこくちゅう》、楊貴妃《ようきひ》、誅《ちゅう》に伏《ふ》す……と年代記に在る」〈中略〉「歴史の面白くない処は、暗記しとくもんだよ。……ところでその玄宗皇帝が薨じたのは年代記の示す通り天宝十五年に相違ないらしいが」〈中略〉「イヤ。これは違う。『黛女を賜う』という一件の前後までは『牡丹亭秘史』という小説に出ている。〈後略〉」

……などと語りながら、読者に歴史の年代記を自分の目で確認してみるように促《うなが》しておられた、あの辺りですな。

Ｉ：そうです。正木博士や夢野久作は、この一連の台詞《せりふ》の中に「皇帝の死」についての嘘を忍ばせておくことで、続く「牡丹亭秘史」なるものの信憑性《しんぴょうせい》や、その存在そのものに読者の注意が向くように仕向けていたのでしょうね。安禄山軍が押し寄せて流言蜚語《りゅうげんひご》が飛び交う唐の都で、自我崩壊で

白痴となった呉青秀の手を引いていた芬《ふん》が間違ったのは仕方ないとしても、後世を生きる我々が冷静に年代記を読めば、玄宗皇帝[16]が崩御したのは馬嵬でもなければ天宝十五（西暦756）年でもなかったことなどはすぐに気付きますからね。ましてや、あの博学な正木博士や、慶応に入学して歴史を専攻した夢野久作が、玄宗皇帝の歿年《ぼつねん》・762年を取り違えることなど考えられませんから、コレは読者に注意を喚起するために、著者が敢《あ》えて『ドグラ・マグラ』に付けていた瑕《きず》と読み解くべきでしょうネ。

W：「牡丹亭秘史」のリドル《なぞなぞ》については精神病棟の外の常人《じょうじん》たちはともかくとして、当の貴方様がその伏線に気付いておられれば、とりあえず問題ありませんな。昔から「狂人走れば不狂人も走る」と申しますから、世間の認識もおいおい改まるやも知れませんな。

しかし、ナルホド～、これでまたひとつ謎《なぞ》が解けましたぞ。正木先生がどうして貴方様を〝アンポンタン・ポカン君〟なんぞと呼んでおられたのか、その理由《わけ》が。

アンポンタン……つまり、「安本丹《あんぽんたん》」という言葉は、死者の魂を呼び戻し蘇生させるという支那《シナ》の幻の霊薬「反魂丹《はんごんたん》」を捩《もじ》った、からかい言葉で御座いましたからな……。正木先生は、モヨ子様を蘇らせえる名探偵という意味を込めて、貴方様に「超脳髄式の青年名探偵アンポンタン・ポカン博士」の称号をお与えになったのですな。やはり、正木先生ほどの天才ともなると、綽名《あだな》ひとつにも、一味も二味も違う隠し味が利《き》かせてありますなあ～。

I：……まあ、そういった訳で、僕は『鬼滅の刃』の謎解きを済ませたら『ドグラ・マグラ』の謎解きもすべて終えてしまいたいのですよ、全精力を注《つ》ぎ込んで！　僕は、夢野久作のあの小説《ドグラ・マグラ》の中に婚約者を置き去りにしたまま、本の外《コッチ》の世界に飛び出して来ているようなものですからね。

マッタク……あの時、本当は記憶を取り戻していたモヨ子が、一郎《ぼく》のためにイヂラシイ嘘までついて、精神病患者のフリをして六号室に居続けてくれたっていうのに……。それだっていうのに、あの時の僕は、なんでそのことをチャンと推理できなかったんだろう……。

先刻《さっき》はなんとなく、はぐらかされてしまいましたけれど、若林教授はモヨ子が記憶を取り戻していたことに気付いておられたのでしょう？

W：エエ、マア……。学術実験には好都合でしたから、敢《あ》えて素知らぬ顔をしておりましたが……。

I：モヨ子は、芳芬《ほうふん》の自我が引っ込んでいる時には自分の名前を思い出していて、一郎《ぼく》が記憶を取り戻すまでは若林教授にそのことを気取《けど》られないようにと、自分も記憶喪失患者を装い続けていたのですよ……。

　解放治療場の附属病院「精・東・第一病棟」からの退院の条件が「自分の名前を思い出すこと」だと若林教授から聞かされていたから、壁の向こうにお兄さま一人を置いて自分だけが先に強制退院させられてしまうのではないかと恐れて、モヨ子は教授に嘘をついていたのでしょうね……。婚約者が自分の顔を忘れてしまっても七号室の隣りの部屋にズット居て、いつか自分のことを憶い出す日を待ちたいと願った、イヂラシクも可憐な美少女、それがこの僕の最愛の妹、呉モヨ子の実像だったたって訳です。

W：作者の夢野久作はキット、お兄さまや私奴《わたくしめ》に自分の名を告げることをためらっているヒロイン像から、貴方様の妹を〝モヨ子〟と名付けておったのでしょうな。〝もよい〟(17)という言葉から生まれた〝躊躇《ためら》いのヒロイン〟とでも申せましょうかな、モヨ子様は。

I：なるほど、〝もよい〟という日本語には「ためらい、躊躇《ちゅうちょ》」という意味があったのでしたっけネ。マックタク、あの時は記憶を失っていたとはいえ、僕はモヨ子に本当に酷《ひど》いことをしてしまった……。

W：当時の不憫《ふびん》なモヨ子様のご様子を、私《わたくし》が今度は声色《こわいろ》なしで語って差し上げますので、どうぞ存分に反省なりナンなりなさいませ。

それでは、『ドグラ・マグラ』の序盤より、モヨ子様と貴方様の対面シーンをば……、

私達の声が、少女の耳に這入《はい》ったらしい。その小さい、紅《あか》い唇をムズムズと動かしながら、ソッと眼を見開いて、ちょうどその真横に立っている私の顔を見ると、パチリパチリと大きく二三度瞬《まばたき》をした。そうしてその二重瞼《ふたえまぶた》の眼を一瞬間キラキラと光らしたと思うと、何かしら非常に驚いたと見えて、その頬《ほほ》の色が見る見る真白《まっしろ》になって来た。その潤んだ黒い瞳《ひとみ》が、大きく大きく、殆《ほと》んどこの世のものとは思われぬ程の美しさにまで輝やきあらわれて来た。それに連れて頬の色が俄《にわ》かに、耳元までもパッと燃え立ったと思ううちに

「……アッ……お兄さまッ……どうしてここにッ……」

と魂切《たまぎ》るように叫びつつ身を起した。素跣足《すはだし》のまま寝台から飛び降りて、裾《すそ》もあらわに私に縋《すが》り付こうとした。

私は仰天した。無意識の裡《うち》にその手を払い除《の》けた。思わず二三歩飛び退《の》いて睨《にら》み付けた……スッカリ面喰ってしまいながら……。

……すると、その瞬間に少女も立ち止まった。両手をさし伸べたまま電気に打たれたように固くなった。顔色が真青《まっさお》になって、唇の色まで無くなった……と見るうちに、眼を一パイに見開いて、私の顔を凝視《みつ》めながら、よろよろと、うしろに退《さが》って寝台の上に両手を支《つ》いた。唇をワナワナと震わせて、なおも一心に私の顔を見た。

それから少女は若林博士の顔と、部屋の中の様子を恐る恐る見廻わしていた……が、そのうちに、その両方の眼にキラキラと光る涙を一パイに溜めた。グッタリとうなだれて、石の床の上に崩《くず》折《お》れ座りつつ、白い患者服の袖《そで》を顔に当てたと思うと、ワッと声を立てながら、寝台の上に泣き伏してしまった。

私はいよいよ面喰《めんくら》った。顔中一パイに湧き出した汗を拭《ぬぐ》いつつ、シャ嗄《が》れた声でシャクリ上げシャクリ上げ泣く少女の背中と、若林博士の顔とを見比べた。

若林博士は……しかし顔の筋《すじ》肉一つ動かさなかった。呆然《ぼうぜん》となっている私の顔を、冷やかに見返しながら、悠々と少女に近付いて腰を屈《かが》めた。耳に口を当てるようにして問うた。

「思い出されましたか。この方のお名前を……そうして貴女《あなた》のお名前も……」

この言葉を聞いた時、少女よりも私の方が驚《おどろ》かされた。……さてはこの少女も私と同様に、夢中遊行状態《むちゅうゆぎょう》から醒《さ》めかけた「自我忘失状態」に陥っているのか……そうして若林博士は、現在、私にかけているのと同じ実験を、この少女にも試みているのか……と思いつつ、耳の穴がシイ――ンと鳴るほど緊張して少女の返事を期待した。

けれども少女は返事をしなかった。ただ、ちょっとの間《ま》、泣き止んで、寝台に顔を一層深く埋《うず》めながら、頭を左右に振っただけであった。

「……それではこの方が、貴方とお許嫁《いいなづけ》になっておられた、あのお兄さまということだけは記《お》憶《ぼ》えておいでになるのですね」

少女はうなずいた。そうして前よりも一層烈しい、高い声で泣き出した。

それは、何も知らずに聞いていても、真《まこと》に悲痛を極めた、腸《はらわた》を絞るような声であった。自分の恋人の名前を思い出す事が出来ないために、その相手とは、遥かに隔《へだ》たった精神病患者の世界に取り残されている……そうして折角《せっかく》その相手にめぐり合って縋《すが》り付こうとしても、素気《そっけ》なく突き離される身の上になっていることを、今更にヒシヒシと自覚し初めているらしい少女の、身も世もあられぬ歎《なげ》きの声であった。

……イヤハヤ、まったく。薄情というか、ツレナイというか。罪な男ですな～、貴方様も。

Ｉ：……………………。

Ｗ：それから、『ドグラ・マグラ』の最終盤で、モヨ子様が貴方様に懸命に呼びかけておられる場面で御座います……、

「兄《にい》さん〳〵……兄さんに会わして下さい。今お帰りになったようです。あの扉《ドア》の音がそうです。兄さんに会わして下さい……イイエ〳〵……妾《あたし》は狂女《きちがい》じゃありません……兄さんの妹です〳〵……兄さん〳〵。返事して頂戴……妾です〳〵〳〵」

〈中略〉

「……兄さん〳〵。一郎兄さん。あなたはまだ妾を思い出さないのですか。あたしです〳〵……モヨ子ですよ……モヨ子ですよ。返事して下さい……返事して……」

Ｉ：………もう唯々《ただただ》申し訳なくて、隣りの部屋に向かって全集中で土下座したい気持ちでイッパイですッ！

Ｗ：お名前のくだりで〝もよって〟おられたモヨ子様もイヂラシクて素敵ですが、姪浜事件の前日の日暮れ前に、呉家の常雇《じょうやとい》農夫・戸《と》倉仙五郎《くらせんごろう》が偶然目撃した、呉青秀《ごせいしゅう》からの殺しのための誘い込みを、お兄様からの結婚式前のオサソイだと勘違いしてしまったモヨ子様が〝もよって〟おられたドジっ子シーンなんぞも、私奴《わたくしめ》は割と好きでしたなあ～。ご参考までに、コチラの場面も朗読をば

……。

……当の相手のオモヨさんはその前で洋服を畳《たた》みながら、赤い顔をして笑い笑い「イヤイヤ」と頭を横に振っているようで、まことに変なアンバイで御座いました。

——ところがそれを見ると若旦那《わかだんな》はいよいよ青い顔になられまして、オモヨさんにピッタリとニジリ寄って行《ゆ》かれました。そうして此処《ここ》から見えます、あの三ツ並んだ土蔵《おくら》の方角を指さして見せながら、片手をオモヨさんの肩にかけて、二三度ゆすぶられますと、最前から火のように赤《あこ》うなって身体《からだ》をすぼめていたオモヨさんが、やっとのこと顔をあげて、若旦那と一緒に土蔵の方を見ましたが、やがて嬉しいのか悲しいのか解らぬような風《ふう》付きで、水々しい島田の頭をチョットばかり竪《たて》に振ったと思うと、首のつけ根まで紅《あか》くなりながら、ガックリとうなだれてしまいました……まるで新派の芝居でも見ておりますようなアンバイで……ヘイ……。

Ｉ：駄目だなあー、ワルい男の誘い込みを真に受け取っちゃあ。

このあと呉青秀は夜中に呉家の家族が一人残らず寝静まった頃合い⒅を見計らって、三番土蔵《ぐら》の二階に呼び出したモヨ子の細首を西洋手拭《タオル》で絞めて殺す快感を味わい、さらにはそのカラダを丸裸体《まるはだか》にして写生しようとしてたんですよね？　最悪だなー。今度モヨ子に会ったら何といって謝ったらいいのか……。「アレは僕じゃなかったんだ！」といって、ワカッテ貰えるかホント心配だなあー。

W：サテサテ……話が牡丹亭のあたりで、またズイブンと横道に逸《そ》れてしまいましたが、モヨ子様のモデルの杉山ミヨ子さんは、どうしてまた十九の若さで亡くなられたので御座いますか？　死因などについては、もう調査を済ませておいでなので……。
I：モチロンです！　僕の愛しいモヨ子のモデルだった娘ですからね。杉山龍丸著『わが父・夢野久作』の記述によると、美代子さんの死因は腸チフスだったそうです。
W：腸チフス……。ということは、ご自宅では看取《みと》れませんな。何処《どこ》の病院でお亡くなりに？
I：ココですよ、ココ。我々が今いる、この病院がそうだったのです。
W：此処《ここ》……。この九州大学病院が……。否《いや》、戦前ですから、九州帝国大学の附属医院ですか……。丸っきりドグラ・マグラの舞台とドンピシャリ、そのままでは御座いませんか！
　では、ミヨ子さんのご命日は？
I：ハイ。彼女は今からピッタリ百年前の大正10年、1921年の……、奇《く》しくも夢野久作の正命日《しょうめいにち》とは一日違いの3月12日[19]に、ここ九州帝国大学医学部附属医院にあった東六病棟の、ルームナンバー〝第七室〟で息を引き取っておられたのですよ、教授。
W：附属医院の「東六病棟」ですと？　たしか、解放治療場にあった附属病院「精・東・第一病棟」にも、わざわざ「東」なんぞという文字が書き添えてありましたな。それに、附属医院の「東六病棟」の「六」という数字も、呉家の女性を象徴し暗示するナンバー！　六号室のモヨ子様しかり、六美女の名しかり。そして六相図の絵巻物を携《たずさ》えて渡来した芳芬《ほうふん》に、モデルの芳黛《ほうたい》しかり。

I：それから、一郎を出産後に六回転居した千世子に、自宅に放火して午後六時に焼死した八代子。

W：続けて、ルームナンバー〝第七室〟と仰《おっしゃ》いましたな！　そ、それは……それは、この部屋と同じ！　しかも、ドグラ・マグラに登場する主人公「私」の部屋番号とも同じ⁉

それが本当でしたら、彼女の死亡推定時刻は？

I：夢野久作のイトコにして、義理の妹でもあったという、このミステリアスな少女《をとめ》の死亡時刻は、午前四時半。附属医院の東六病棟に、もしもボンボン時計があったなら、毎時半の時の鐘を一つ打つ頃合いです。

ホラ、ちょうどこんな蜜蜂の唸《うな》るような音を、聴く者の耳の中に長々と引き残す刻限だったはずですよ、教授。

W：………⁉

《《《 **柱時計** 》》》………ブウウ――――ンンン――――ンンンン…………。

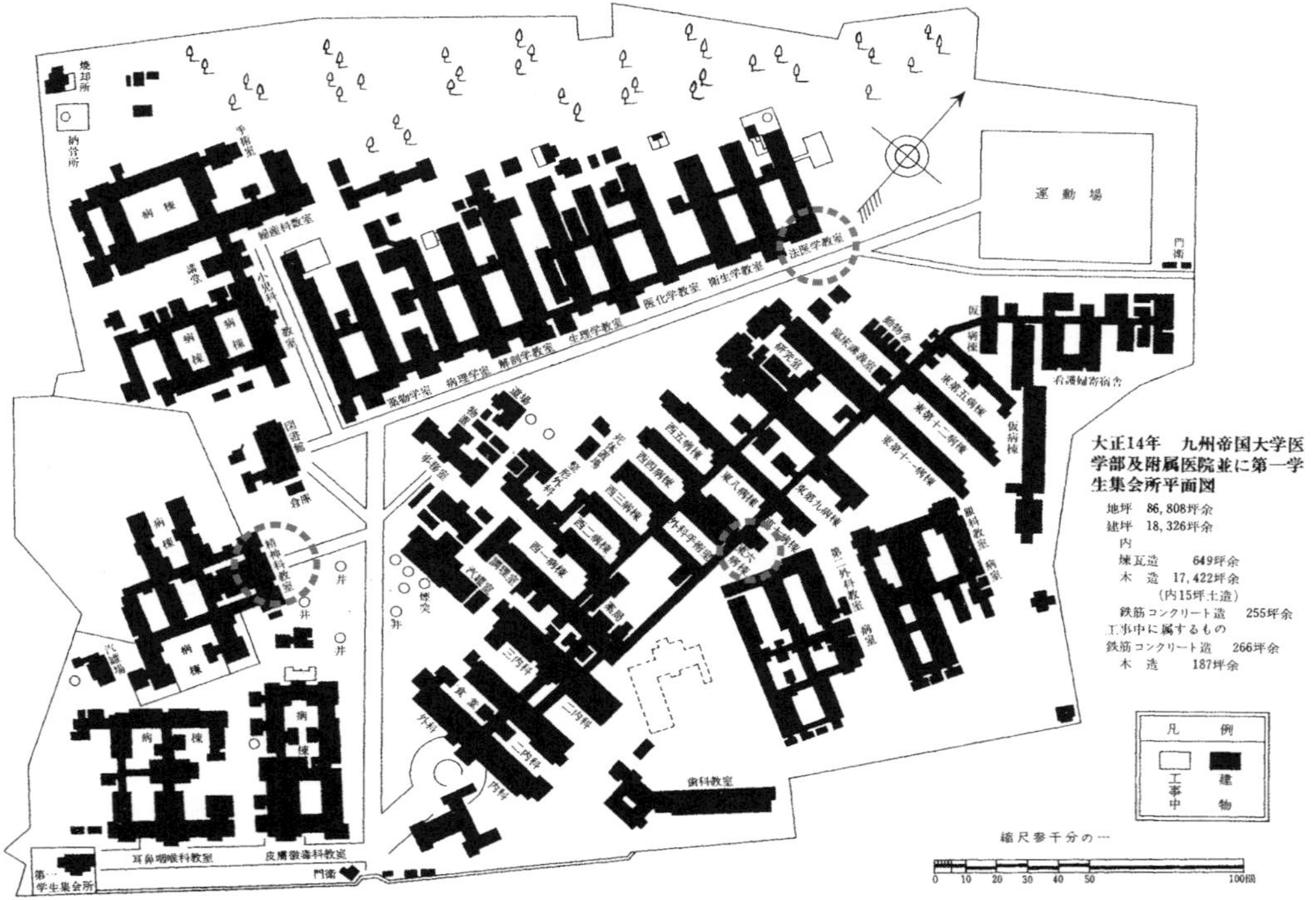

破線で囲んだ円内は、それぞれ精神科教室、法医学教室、東六病棟。東六病棟はすぐ東側に第二外科教室・病室があとから建設されたために、この大正14年の平面図では極端に短かくなっている。図の出典は121頁に同じ

注解

(11)戦前の福岡市薬院中庄は、現在の福岡市中央区今泉二丁目あたり。今泉二丁目大神月極駐車場内には「梅津只圓先生之碑」が建立されている。

(12)夢野久作とツーショットで写った安田勝の写真は『日記』の口絵の22頁目に収められている(但し、ノンブルはなし)。口絵には他にも数ヶ所で安田の姿が見える。本書では１８２頁で掲載。

(13)『押絵の奇蹟』に登場する歌舞伎役者・中村半次郎こと菱田新太郎と、ピアニストの井ノ口トシ子は、互いの父親と母親を入れ替えて血を引いたかのような美しい顔立ちをしていた。それは両人の親同士の間に不義があったからか、それともプラトニックな恋の極限の〝思い子〟だったからか?

〝お兄さま〟を恋い慕うトシ子が認《したた》めた手紙形式のモノローグが、読む人の心に深い感動の余韻を残す、夢野久作の代表作。

(14)この時、大正15(昭和元)年、１９２６年3月の墓参りは、美代子が歿《なくな》って丸5年後の墓参り。その二年前の美代子の四周忌の様子が記されているはずの、大正13(１９２４)年の『夢野久作の日記』をめくると、1月1日から2月24日まででページが終わっており、翌3月の様子を窺い知ることはできない。なお、大正２(１９１３)年から大正12(１９２３)年までの十一年間の日記は戦災で焼失したとされている。

現存する10年分の日記(杉山龍丸編『夢野久作の日記』から)

(15)牡丹亭還魂記は、明代の戯曲。湯顕祖の作。杜麗娘という娘が夢で密会した書生、柳夢梅に恋い焦がれた末に死に、幽魂となって夢梅と会い、蘇生して結ばれる。還魂記。〈広辞苑より〉

その筋書きには編者によって複数のパターンが存在するが、以下はその一例である。

広州に住む書生、柳夢梅はある夜夢を見る。それは今まで見たこともない美少女と恋に落ちる夢であった。時を同じく、南安の太守の娘、杜麗娘もまた柳夢梅と夢の中で出会い、二人は恋に落ちると夢の世界で結ばれる。しかし、目覚めて現実に戻れば夢とともに柳夢梅は消え、その恋患いの辛さから杜麗娘は日々衰弱する。やがて死期を悟った杜麗娘は、肖像画を掛け軸に描かせて息を引き取る。その後、柳夢梅は科挙の試験の旅で南安を訪れると、杜麗娘の掛け軸を目にして夢の少女の絵姿に胸を焦がす。すると突然、杜麗娘が柳夢梅の前に現れ二人は現実の世界で結ばれる。やがて柳夢梅は、杜麗娘から自分は幽霊であると告げられ、冥府の神の許しを得ているので墓を掘り返してほしいと懇願される。果たして柳夢梅が土饅頭に鍬を当てると、芳しい花の薫りとともに生前と変わらぬ美しさで杜麗娘が墓から蘇り、二人は仮祝言をあげる。しかし、柳夢梅は墓発きの罪で杜麗娘の父から捕えられ拷問をうけ続けることになる。そこに、柳夢梅が科挙の試験で首席合格した一報が届き、また、皇帝の裁きの結果、杜麗娘は幽霊でなく蘇生したことが証明され、杜麗娘の父も柳夢梅と娘の結婚を許し、物語は大団円を迎える。

牡丹亭還魂記からは少し離れるが、安禄山の乱で帰らぬ人となった楊貴妃の死を嘆き悲しんだ玄宗皇帝は、画工に彼女の肖像画を描かせて、それを朝夕眺めては涙していたという。もちろん、貴妃が杜麗娘のように蘇ることはなかったが、後世の牡丹亭の作者・湯顕祖がこの悲話からインスピレーションを受けていたとしても不思議ではないと、本書の主人公Ｉは推察している。在りし日の楊貴妃と玄宗には、深酒をした明くる日に、共に牡丹の花の香りを嗅ぎ、宿酔を醒ましたという逸話がのこっている。

なお、夢野久作は「芳《かぐわ》しい花の薫りとともに蘇生した杜麗娘」のイメージを重ねて、黛芬姉妹の姓を〝芳〟と名付けたのではないかと筆者は推察している。また、彼女らの父親〝芳九連〟名は、「九連なりの絵図が並ぶ九相図」に因《ちな》んだのではないかとも。

（16）玄宗皇帝（退位756年、歿年762年）。756年に安禄山の乱が勃発すると、玄宗は楊一族と共に長安の都を離れて蜀の地をめざし遁走《とんそう》。途上、馬嵬の地に到ると、随従の兵士たちが楊貴妃の又従兄で、安禄山の政敵でもあった宰相・楊国忠を殺害。ついで兵士たちは楊貴妃の殺害をも皇帝に迫《せま》る。玄宗は泣く泣くこれを受けて楊貴妃に縊死《いし》を賜る（756年）。その後、皇太子が挙兵し即位を宣言。太上皇となった玄宗は安禄山の死後に長安へ帰還し、貴妃を偲びながら静かに余生を送ったという。

（17）［もよい（モヨヒ）］ためらい。躊躇。徒然草「とかくの―なく足を踏み止むまじきなり」〈広辞苑より〉

（18）ここでいう姪浜事件の当日に呉家の家中の者が〝一人残らず寝静まった頃合い〟とは、呉家雇《やとい》人《にん》・戸倉仙五郎の談話（松柏館書店版『ドグラ・マグラ』本文432頁）から、午前2時頃だと判明する。これは、「九州帝国大学、法医学教室、屍体解剖室内の奇怪事」の記述にあった「……時は大正十五年四月二十六日の午後十時前後……呉一郎の心理遺伝を中心とする怪事件が勃発致しましてから約二十時間後の光景……」という一文とも合致する。

呉青秀に自我を乗っ取られた一郎は、2時以降に離《はな》れ家の寝床を抜け出し庭下駄《げた》を穿《は》くと、母屋の奥座敷で横になっていたモヨ子を迎えにいっている――その根拠は奥座敷に残された砂のついた庭下駄の跡。若林の事件調査資料によると、一郎はモヨ子に母屋で百匁蝋燭《ひゃくめろうそく》を点《つ》けさせていたらしい。モヨ子の指紋のついた百匁蝋燭の減り具合からは点火後約2時間40分後に消されていたことが判明する。さらに戸倉仙五郎の供述から、その蝋燭の火影《ほかげ》が消えたのは夜明け頃ということがわかるので、4月26日の福岡地方の日の出の時刻である5時35分から逆算して、母屋でモヨ子が百匁蝋燭を点火したのは午前2時55分頃と推理できる。

こうして一郎がモヨ子に命じて持たせた真鍮《しんちゅう》の燭台の灯りを頼りに、午前3時頃に母屋の座敷にあった経机《きょうづくえ》を一郎が抱えて二人で三番土蔵へと向かい、蔵に入って内側から入口を開かなくしたあと、頃合いを見計らって一郎が兇行におよんだことがわかる。

事件は戸倉仙五郎と八代子によって同日の明け方に発覚するが、仙五郎の妻からの報《しら》せで駆け付けた近所の宗近《むねちか》医師により、モヨ子の死亡推定時刻（実は仮死状態）は午前3時から4時の間と検案されている……。これから先の推理の展開の種明かしは、極上のミステリー小説『ドグラ・マグラ』を未読の方もおられるかと思うので、このあたりまでとする。

（19）夢野久作は、ミヨ子が亡くなって丸5年後の祥月命日（3月12日）と日記の日付（3月13日）が一日ズレていたことから、記載日の誤りに気付いたのではないかと筆者は推察している。なお、大正15年3月13日の日付で書かれていた『日記』の該当箇所は以下の通り。

三月十三日　土曜

朝、伊藤君とテニス。十時迄。ミヨ子の墓にまゐる。奇麗に掃除しあり。

此頃弁当パン。うたひやめ、十時まで記事をかく。オーケーベカリーにて加藤君と話す。

堀江少年お礼に来る。父の手紙を持ちて。

長崎、牛嶋氏より反駁の原稿来る。

十一時の汽車にて帰る。

主筆より社員一同に報告あり。

榊博士訪問。

（日記一日つけ過ぎたり。どこで間違いたるかわからず。）

〈追記〉

不完全とはいえ、日記の一部が「戦災」を免《まぬ》がれていたことから、私たちは『ドグラ・マグラ』にもミューズ（詩女神）が存在したということを知る手掛かりを摑《つか》めたといえるだろう。

付論6　夢野久作と今泉の詩女神《ミューズ》たち

――「ドグラ・マグラ」は二十年がかりの作品です。十年考へ、あとの十年で書直し書直し抜いて出来たものです。……「ドグラ・マグラ」は五回読んだら五回共に読後の気持が変はることを受合います。……五回以上とは申しません。しかし五回だけは必ずその読後感が変はつて行くことを絶対に保証します。

これは、夢野久作の歿後に探偵小説家・石川一郎が「月刊探偵」昭和11（1936）年6月号に「わかれ」と題して寄稿した追悼文の中で、久作自身が自作の「ドグラ・マグラ」について語っていたとされる言葉である（ちくま文庫『夢野久作全集9』、1992年4月、西原和海氏「解題」から）。

本稿では、この久作の言葉をどう理解するかということから考えてみたい。

＊

『ドグラ・マグラ』は昭和10年1月に松柏館書店から初版が発行されている。杉山龍丸編『夢野久作の日記』（葦書房、１９７６年9月）には「ドグラ・マグラ」の起筆と考えられる記述が大正15（１９２６）年の頁にあることから、「あとの十年で書直し書直し抜いて」という表現は事実を反映している（以下、この表現は〝執筆十年〟と簡略化する）。

それでは、「十年考へ」はどうだろうか。久作が「ドグラ・マグラ」を起筆するまでに「十年考へ」（以下、この表現も〝構想十年〟と簡略化する）続けていたとするなら、大正15年の起筆から逆算すると大正5年頃には構想を練り始めていたことになる。それは久作が放浪生活を送っていたとされる時期（大正3～6年）と重なる。久作は大正4年に出家得度して、その二年後に還俗するまで僧籍にあった。だとすれば、この大長編小説の構想を、俗世を離れていた雲水修行時から胸に秘めていたということになるが、どうだろうか。

仮に、この〝構想十年〟が〝執筆十年〟と対置して石川に語ったアバウトな表現であったとするなら、久作がいつ頃からドグラ・マグラを着想し、その想を練りはじめていたかが判然としない。

そこでだが、本稿ではまず、ドグラ・マグラの〝ヒロイン像〟に絞って考察をしてみることにする。そうすれば、次のようなアプローチも可能なのではないだろうか。

ここでは仮に、①『ドグラ・マグラ』の雛形は『白髪小僧』であり、②両作品のヒロイン、呉モヨ子と美留女《みるめ》姫には、共通のモデルがいたのではないか……と見立てて推論をすすめてみる。

まず、①の『ドグラ・マグラ』の雛形は『白髪小僧』だったのではないかという見立てから論じてみたい。

『白髪小僧』は久作が、還俗後に杉山萌圓の筆名で大正11年に発表した約10万字の長編童話である。『白髪小僧』の作中には「白髪小僧と題した不思議なお話の書物」が登場する。作品の標題と同じ作中作が登場するという入れ子構造は『ドグラ・マグラ』との共通点といえる。

また、登場人物が夢で見た物語を作中で語り始めるというあたりから、物語の時系列が夢で見た物語と溶け合って、ページが進むにつれ『白髪小僧』の物語と作中作「白髪小僧」の境目がはっきり見えなくなり、読む者はひと続きの物語として全体を追えなくなってゆく……。この点も「心理的な迷宮遊び」とか「脳髄の地獄の現出」などと評される『ドグラ・マグラ』と共通する特徴である。

このように夢と現《うつつ》の境界が溶けだす眩惑的な構造は、『白髪小僧』と『ドグラ・マグラ』に共通する一方で、前者は物語が尻切れトンボのような形で唐突に終わっている。この点はむしろ『犬神博士』の終わり方に近い。『犬神博士』は、昭和6（1931）年9月23日から翌7年1月26日まで福岡日日新聞の夕刊に108回に亘って連載された長編小説であるが、途中で新聞社サイドからの度重なる打切り要請で、作者としては已《や》むに已まれぬ脱稿だったといわれている。

『白髪小僧』に戻れば、物語の突然の終焉はどのような事情によるものだったのだろうか。

次に、②の、『ドグラ・マグラ』と『白髪小僧』のそれぞれのヒロイン像には共通のモデルとなる女性が存在したのではないか……という見立てについて。

「ドグラ・マグラのヒロイン・呉モヨ子のモデルは杉山美代子であった」とする考察については、戸主の欄に「杉山泰道」と記された杉山家の戸籍謄本を手掛かりに、本章の「モヨ子とミヨ子」の段で論じたので繰り返さない。杉山美代子は、謄本には養女「ミヨ」の名で記載があり、『夢野久作の日記』の大正15年3月13日の記述と、その日に付せられた註解には「ミヨ子」と記されている。謄本を見るかぎり杉山家の養女は一人しかいないことから、「ミヨ」は『日記』の中の「ミヨ子」と同一人物だと理解できる。また、久作が日頃はこの義妹を「ミヨ」ではなく「ミヨ子」と呼んでいたことも『日記』の他の頁の記述からわかる。「ミヨ子」の漢字表記に関しては、杉山龍丸の『わが父・夢野久作』（三一書房、１９７６年10月）の中に杉山家の養女として「美代子」の名が認められることから、「ミヨ子」の漢字表記が「美代子」であったことも確認できた。

先述したように、『白髪小僧』と『ドグラ・マグラ』には、夢と現《うつつ》の境界が溶けだす眩惑的な構造という共通の特徴があることが確認できた。このことから、両作品のヒロイン像についても同一のポジションに座す者として考えてみることもできるのではないか。

つまり、「呉モヨ子のモデル＝杉山美代子」という考察結果から、「美留女姫のモデルも杉山美代子だったのではいか」という可能性についての検討の必要が導き出されるのである。

『白髪小僧』には作中に美留女姫の分身ともいえる美紅《みべに》という少女が登場する。美留女と美紅はともに美代子の名に含まれる「美」という漢字で結ばれていることから、『白髪小僧』のヒロイン名にも美代子の名からとられた一字が言霊《ことだま》として宿されていたとも考えられる。
先に、『白髪小僧』は物語が尻切れトンボのような形で唐突に終わっており、この点は『ドグラ・マグラ』よりも『犬神博士』の終わり方に近いと述べた。ここで『白髪小僧』が収録された『夢野久作著作集3』（葦書房、1980年1月）の西原和海氏による解題（夢野久作の童話体験）を開くと、『白髪小僧』は「本篇が未完成ながらもひとまず脱稿されたのは、遅くともその前年、即ち一九二一（大正十）年のうちであったと判断される。」との見解が記されている（504頁）。この西原氏の解題のとおりに『白髪小僧』の筆が大正10年に擱《お》かれていたとしたら、その年に久作の周囲では何が起きていただろうか？　久作の義妹・美代子の存在を踏まえて言えば、答えは「死」である。
本章の最終段「モヨ子とミヨ子」の中で既に論じた通り、美代子は大正10年3月12日に九州帝国大学医学部附属医院・東六病棟の第七室で死亡している。彼女が息を引き取ったとき、おそらく久作の中では『白髪小僧』の詩女神（ミューズ）もまた天に召されたのだろう。この瞬間に、創作童話『白髪小僧』のヒロイン・美留女姫も原稿用紙の外で絶命し、久作の筆が止まったと考えてみれば、この作品が完成を見ないままに空中分解してしまった理由には納得がいく。（その不完全な作品を、久作があえて本にまでしてのこしたことについても）
つまり、美代子の命日となった大正10年3月12日を境として、夢野久作の中では『ドグラ・マグラ』の雛形と目される『白髪小僧』は筆が擱かれ、この「夢と現《うつつ》の境界が溶けだす眩惑的な構造」

を特徴とする作品全体の青写真が一旦、白紙に戻されたのである。

美代子の死後、久作は『ドグラ・マグラ』の草稿である「狂人の解放治療」の着想を得るにいたり、美留女姫の姿をとっていた詩女神（＝美代子）は、真新しい原稿用紙の上で新ヒロイン・呉モヨ子として転生を果たしたものと筆者には考えられるのである。

以上の考察から、冒頭で挙げた「ドグラ・マグラは〝構想十年、執筆十年〟」という説は、ヒロイン・モヨ子像の着想に限れば、大正10年から大正15年までの歳月を要した〝構想五年〟であったといえる。さらに美代子の死の前後の状況を俯瞰すると、『白髪小僧』の構想と執筆に要した年月も、大きな意味では『ドグラ・マグラ』の雛形の構想期間として内包されることから、夢野久作の中では、『ドグラ・マグラ』は〝構想十年〟の作品と認識されていたのだろうと推察される。

夢野久作にとって「美留女姫」は生前の美代子の影であり、「呉モヨ子」は死後の美代子の影だったのである。そして、生死を超越した存在としての美代子は、作家としての久作に詩女神として霊威を与え、『ドグラ・マグラ』は、大正15年に起筆され昭和10年に（足掛け十年がかりの執筆期間〈あるいは、在胎期間？〉をへて）産声を上げたのだ。

このように整理して考えるなら、〝構想十年、執筆十年〟の作品として、久作の頭の中では『ドグラ・マグラ』が認識されていたのではないかと筆者には思われるのである。

ここまで述べてきた推論が一考察として成立するための条件は、美代子が杉山家に養女として迎えられた大正9年2月2日よりも前の時期から——少なくとも、構想十年が成立するためには、大正5年頃には――美代子と久作は出会っていなければならない。それでは、生前の美代子と久作は、いったい、いつ頃から接点を持っていたのだろうか。一連の推論のまとめとして、最後にこの点を押さえておきたい。

*

久作の義妹・美代子は、これまでどの研究者も着目してこなかった少女である。そのために一世紀を経た現在では存在自体について甚《はなは》だ確認しづらいところがある。しかし、限られた開示情報を基にではあるが、二人の接点が朧《おぼろ》げに見えてくる。

結論から先にいえば、「杉山家に養女として迎えられる前から美代子と久作は顔見知りであった」と判断できる。杉山家の戸籍謄本には美代子の両親の名前が記載されていることから、彼女が安田勝實と薫の三女であったことが判明した。

もともと久作と美代子は従兄妹の間柄で、彼女が実家の安田家で暮らしていた頃から互いに親戚として付き合いをしていたことが推測される。これは安田家の四女で、美代子の妹でもある喜多(旧姓・安田)君子が『夢野久作著作集1』(葦書房、1996年10月)の「月報5」のインタビューの中で語っていた……、「はっきり意識するようになったのは福岡高等女学校を卒業してからでございます。大正15年頃でしょう。それ以前は、私の家によく遊びに来るおにいさまというぐらいの認識しかなかったですね。」(第1章の56頁を参照)という証言からも理解できる。

この君子の証言を裏付けるために、大正15年当時の『夢野久作の日記』を開いてみると、久作が鼓の稽古《けいこ》指導のため頻繁に安田家を訪れていた記述があった。また、同じインタビューの中で、君子は「謡《うたい》の本を前に置いて小鼓の打ち方を細かく教わり、それから本を見ずに久作の謡に合せて小鼓を打ちました」とも語っている。

また、同『日記』によると久作は、能楽の師匠である梅津只圓の屋敷（福岡市薬院中庄）からほど近い今泉にあった安田家（福岡市今泉１８４番地）の一室を借りて、数名の生徒（君子を含む）を弟子に取って鼓の稽古をつけている。鼓の稽古のない日にも、久作は安田家に出向き叔母の薫と度々会っている。

旧姓・杉山薫は、久作が幼少期に家移りを繰り返していた頃から同じ屋根の下で暮らして苦楽を共にしてきた叔母である。幼い久作が姉とも若い母親代わりとも慕ってきたであろう、気心の知れた家族同然の親類だった。そのような久作にとって、祖父・灌園の血を介した血縁者である薫が奥を取り仕切る安田家は、喜多流謡曲教授・杉山泰道としての〝鼓と謡の稽古場〟というよりも、小説家・夢野久作にとって〝詩女神《ミューズ》たちの住まう芸術の泉〟としての光彩の方が遥かに色濃い空間だっただろう。

『押絵の奇蹟』のヒロイン・井ノ口《いぐち》トシ子のモデル＝薫。『ドグラ・マグラ』のヒロイン・呉モヨ子のモデル＝美代子。『瓶詰の地獄』のヒロイン・市川アヤ子のモデル＝君子。三人が暮らしていた今泉の安田家は、幼い久作を慈しんでくれた灌園の血がその身に流れるミューズたちが住まう芸術の泉だったと筆者には思えるのである。

◎ 夢野久作関係福岡近郊図

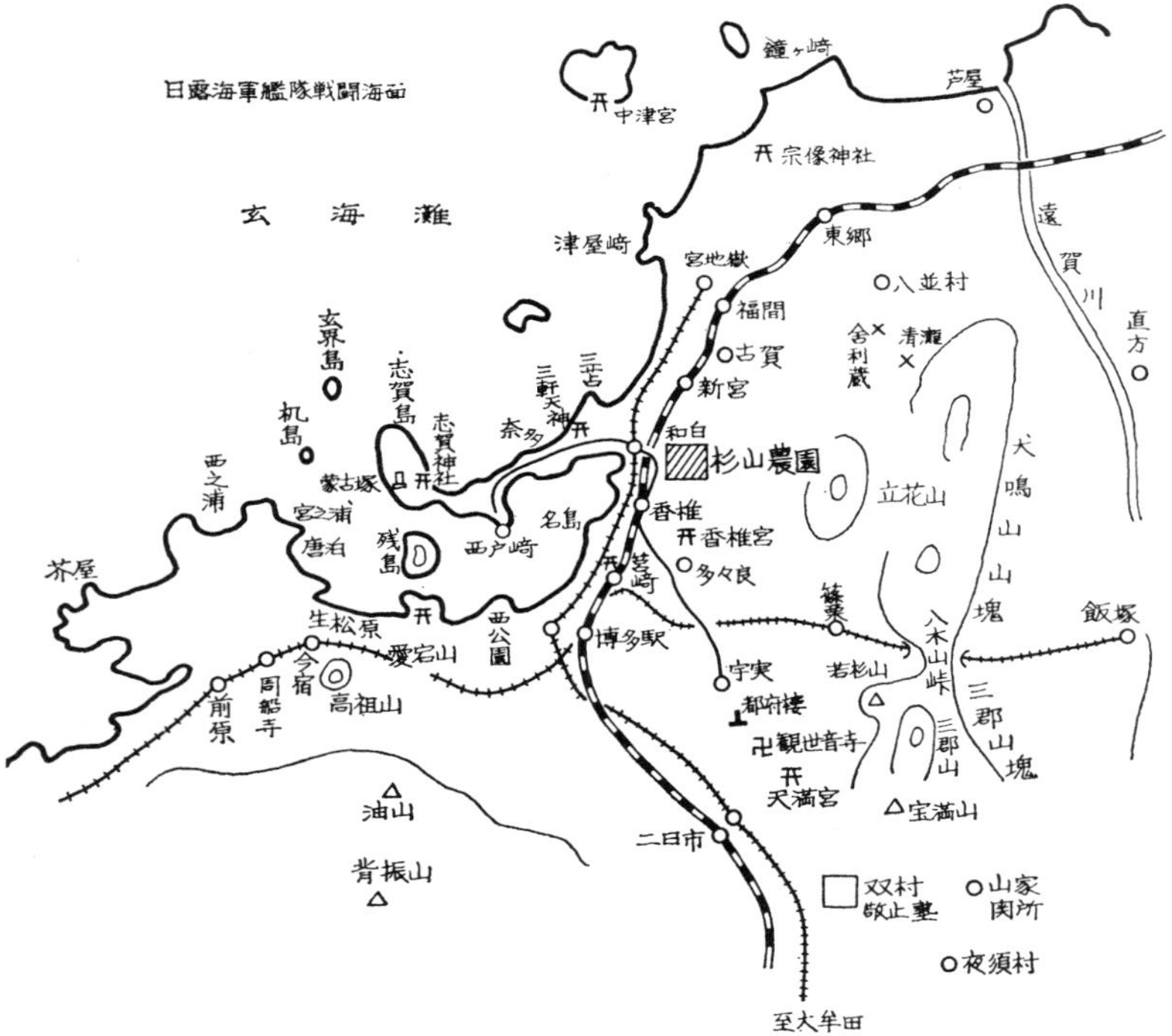

図の出典は２点ともに杉山龍丸編『夢野久作の日記』から。

◎夢野久作関係の地点

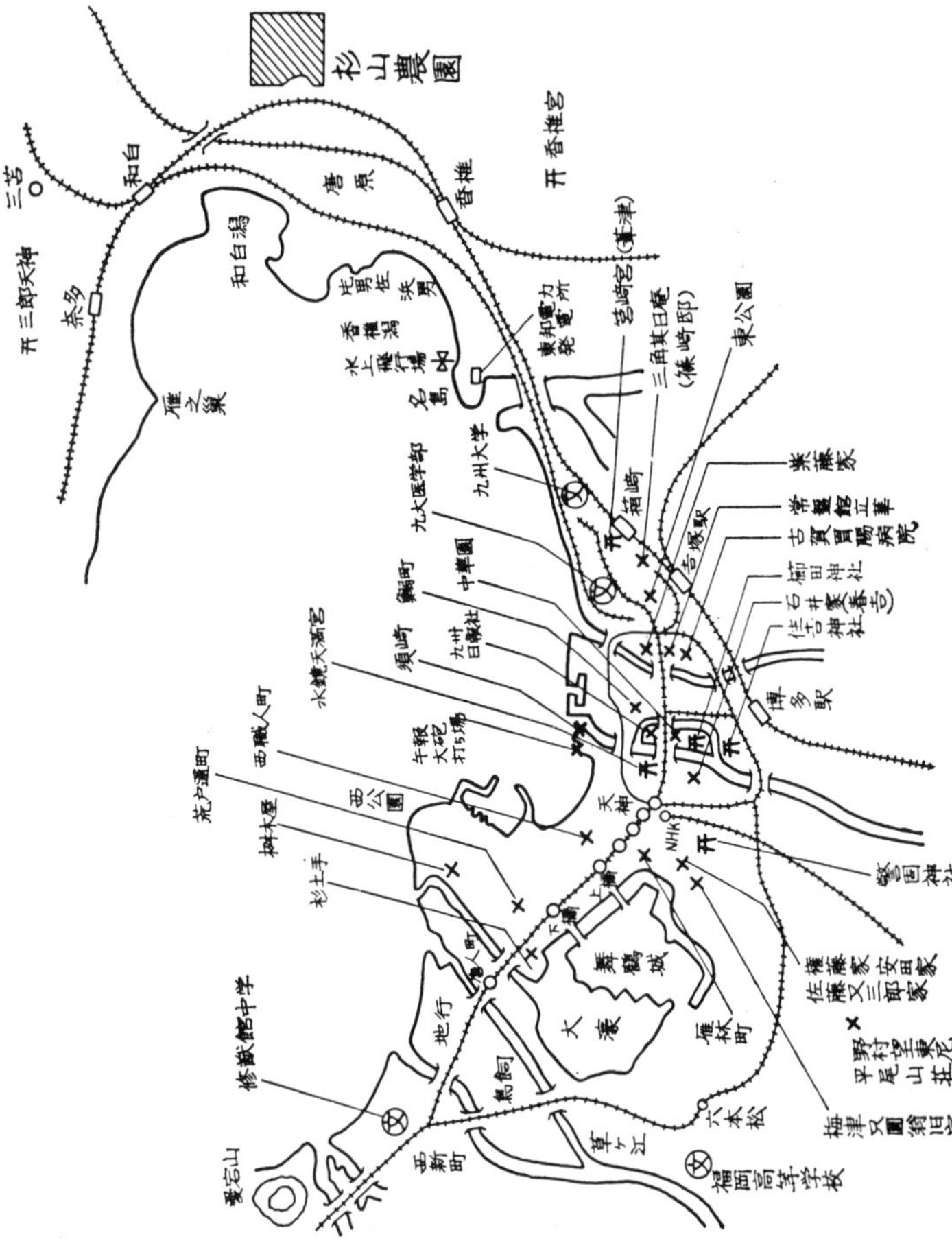
杉山農園
香椎宮
和白
三苫
唐原
香椎
和白潟
奈多
雁之巣
名島
九州大学
九大医学部
箱崎
吉塚駅
東公園
博多駅
住吉神社
櫛田神社
警固神社
天神
NHK
中華園
須崎
水鏡天満宮
西職人町
荒戸通町
西公園
杉土手
唐人町
舞鶴城
大濠
地行
鳥飼
西新町
愛宕山
修猷館中学
六本松
草ヶ江
福岡高等学校

『鬼滅の刃はドグラ・マグラ』三巻目（モーサマの眼とヨコセイの四月馬鹿《エイプリルフール》…の巻）は続刊。

梅乃木彬夫（うめのき あきお）
ドグラ・マグラ研究家。福岡市姪の浜、愛宕下の石切場跡地で生まれる。
ウェイト＝スミス版タロットカードのデザインに秘められた謎と正四面体地球儀の謎について研究している。

二本指スワイプで
地球儀を操作可能

鬼滅の刃はドグラ・マグラ② ドグラ・マグラの誕生…の巻

2024年5月20日 初版第1刷発行©

定価はカバーに表示してあります

著 者 梅乃木 彬 夫
発行者 米 本 慎 一
発行所 不 知 火 書 房

〒810-0024 福岡市中央区桜坂3-12-78
電話 092-781-6962
FAX 092-791-7161
郵便振替 01770-4-51797

印刷／青雲印刷 製本／岡本紙工

ISBN978-4-88345-162-3 C0095

梅乃木彬夫 著

鬼滅の刃はドグラ・マグラ　全5巻

1 ドグラ・マグラの謎を解く…の巻　四六判　1800円
第1章　鬼滅の刃を迎えて解く／第2章　迷宮からの脱出

2 ドグラ・マグラの誕生…の巻　四六判　1800円
第1章　夢Qのバックボーン／第2章　禰豆子の竹

3 モーサマの眼とヨコセイの四月馬鹿《エイプリルフール》…の巻　＊以下続刊

4 青黛山如月寺縁起（仮）…の巻

5 ユメノ聖地巡礼（仮）…の巻

夢野久作と杉山三代研究会　会報

民ヲ親ニス

1 2号は品切。3～10号は在庫あり。各号A5判　2000円～2500円

第10号目次から

■第10回研究大会の記録（アジア主義の原理　中島岳志／夢野久作を歩く　杉山満丸／夢野久作「ドグラ・マグラ」草稿残存状況　大鷹涼子／鶴見俊輔「ドグラ・マグラの世界」の戦略性　加藤慶介／杉山茂丸が大日本相撲協会設立に果たした役割　相沢亮）■特別資料（西の幻想作家――夢野久作のこと――杉山龍丸）＊「九州文学」全12回連載分を初収録。